हिन्द पॉकेट बुक्स

इश्क़ सहस्त्र नाम

अमृता प्रीतम पंजाबी के सबसे लोकप्रिय लेखकों में से एक थी। अमृता प्रीतम का जन्म 1919 में गुजरांवाला पंजाब (भारत) में हुआ। उनका बचपन लाहौर में बीता और शिक्षा भी वहीं हुई। किशोरावस्था से उन्होंने लिखना शुरू किया। उन्होंने कविताओं की 100 से अधिक पुस्तकें लिखी, साथ ही फिक्शन, बायोग्राफी, आलेख और आटोबायोग्राफी लिखकर साहित्य में नया मुकाम हासिल किया। इनकी तमाम पुस्तकों का कई भारतीय भाषाओं सहित विदेशी भाषाओं में भी अनुवाद हुआ। अमृता प्रीतम पहली महिला लेखिका हैं, जिन्हें 1956 में साहित्य अकादमी पुरस्कार मिला। 1982 में उन्हें *काग़ज़ ते कैनवास* के लिए ज्ञानपीठ पुरस्कार मिला। 2004 में पद्मविभूषण भी प्रदान किया गया।

इश्क़ सहस्त्र नाम

अमृता प्रीतम

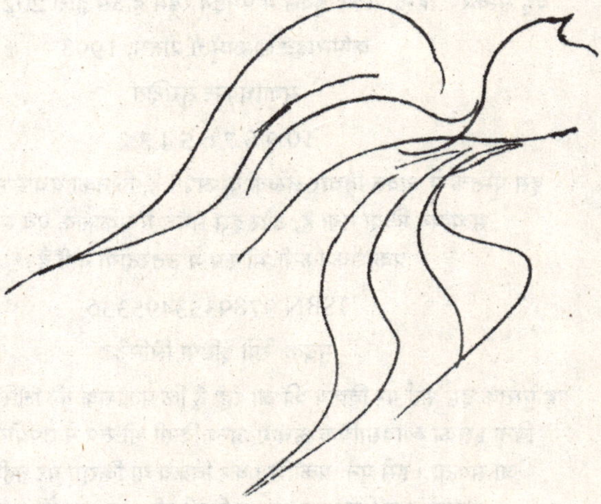

हिन्द पॉकेट बुक्स
पेंगुइन रैंडम हाउस इम्प्रिंट

हिन्द पॉकेट बुक्स

यूएसए। कनाडा। यूके। आयरलैंड। ऑस्ट्रेलिया। सिंगापुर
न्यू ज़ीलैंड। भारत। दक्षिण अफ्रीका। चीन

हिन्द पॉकेट बुक्स, पेंगुइन रैंडम हाउस ग्रुप ऑफ़ कम्पनीज़ का हिस्सा है,
जिसका पता global.penguinrandomhouse.com पर मिलेगा

पेंगुइन रैंडम हाउस इंडिया प्रा. लि.,
चौथी मंजिल, कैपिटल टावर -1, एम जी रोड,
गुड़गांव 122 002, हरियाणा, भारत

पेंगुइन
रैंडम हाउस
इंडिया

प्रथम संस्करण हिन्द पॉकेट बुक्स द्वारा 1998 में प्रकाशित
यह संस्करण हिन्द पॉकेट बुक्स में पेंगुइन रैंडम हाउस द्वारा 2022 में प्रकाशित

10 9 8 7 6 5 4 3 2

ISBN 9789353495336

मुद्रकः रेप्रो इंडिया लिमिटेड

www.penguin.co.in

FSC www.fsc.org MIX Paper from responsible sources FSC® C047271

This is a legitimate digitally printed version of the book and therefore might not have certain extra finishing on the cover.

इश्क़ का हर्फ़ ज़ुबान पर आया
तो लगा–
ख़ुदा का हर्फ़ ज़ुबान पर आया है

–अमृता

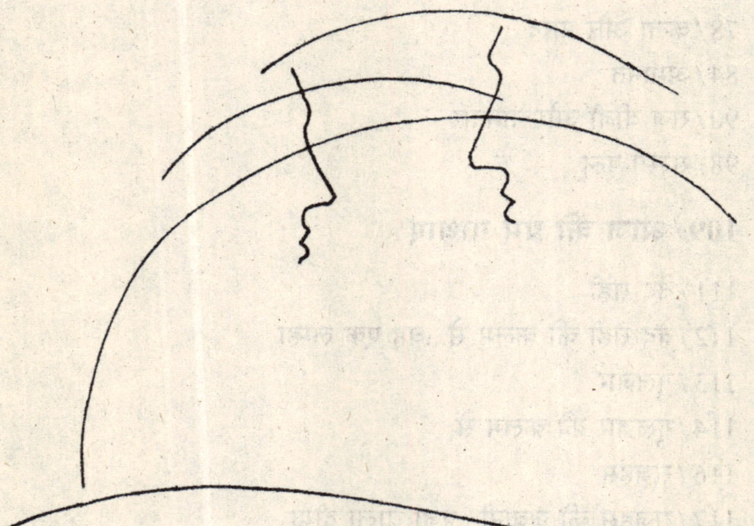

यह इश्क़ है–

जो परा बिंदु की अवस्था में समाया हुआ था
वही अवस्था त्रिपुरा सुंदरी है
इश्क़ उसकी कोख में तरंगित हुआ
तो एक बिंदु ज़हूर में आया
बिंदु के तरंगित कणों में एक ध्वनि थी
एक रोशनी–

जो कई रंगों–और आकारों में ढलती गई–

इश्क़ सहस्र नाम

त्रिपुरा सुंदरी, अनुभव की आग में तपी हुई हमारे ऋषियों की कल्पना है, जो नज़र में उतरती नहीं, वाणी में ढलती नहीं, लेकिन उसका ज़हूर में आना, कायनात के शक्ति कणों का ज़हूर में आना है, जिन की कोख से सभी देवी-देवताओं का जन्म हुआ। ठीक उसी तरह इश्क़ लफ़्ज़ एक बिंदु की तरह है, जो तरंगित हो कर, हमारे यहां सूफ़ी शायरों के कलाम में आया, पंजाबी में जो मारफ़त की शायरी मिलती है, वह दीवानगी के जिन रंगों में भीगी हुई है, उसी के हर अहसास को मैं–**इश्क़ सहस्र नाम** कह रही हूं।

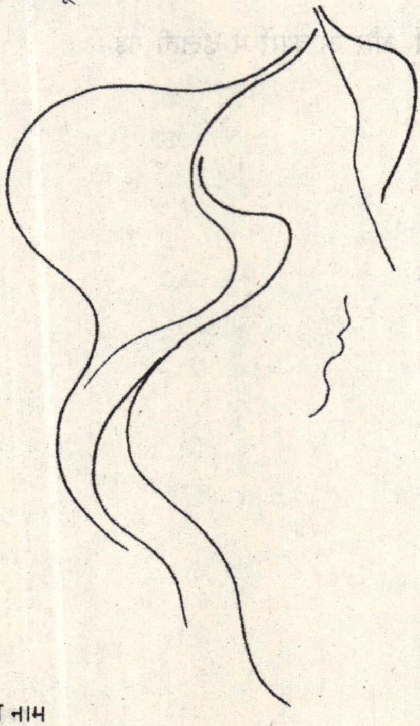

पंजाबी शायरी का आग़ाज़ बारहवीं सदी के शेख़ फ़रीद के कलाम से होता है। तारीख़दानों ने इनके जन्म का साल 1188 ई. अनुमान किया है, और वफ़ात 7 मई, 1280 ई. मंगलवार के दिन की कही है।

मुल्तान से 12 मील के फ़ासले पर कोठवाल नाम का एक गांव है, जहां फ़रीद जी का जन्म हुआ, और वहां आज तक वह मस्जिद भी क़ायम कही जाती है, जहां फरीदजी की तालीम हुई। 93 साल की लंबी उम्र खुदा की बंदगी में सर्फ़ हुई।

इन्हीं के कलाम से 'इश्क़ सहस्र नाम' का आग़ाज़ करती हूं-

रत्ते इश्क़ खुदाए-रंग दीदार के...

शाह हुसैन

1538-1600 ई.

शाह हुसैन के जन्म का अनुमान 1538 ई. का किया जाता है, इनके दादा हिंदू थे, उनका नाम भी इतिहास में मिलता है–कुल जस। ननिहाल की तरफ़ से राजपूत भी कहे जाते हैं, लेकिन बाप का नाम उस्मान था, और काम भी कास्बी का कहा जाता है। बहुत छोटी उम्र में हुसैन अक्सर सुर्ख रंग के कपड़े पहनते तो लोग प्यार से लाल हुसैन कहने लगते। इनका जन्म लाहौर में हुआ था–जहां वे सूफ़ियों के मलामती फ़िरके के नुमाइंदे हुए और दीवानगी में गाते-गाते ज़िंदगी बसर की। उम्र करीब 63 साल की कही जाती है। इनका मज़ार बाग़वानपुरे के पास है–जहां इनका कलाम बड़ी अकीदत से आज तक गाया जाता है। इनकी पंक्तियों का सार अंश दे रही हूं–

क़ाज़ी, मुल्ला मश्वरा देते हैं
खरे स्याने राह दिखाते हैं–
लेकिन इश्क़ का राहों से क्या नाता...

सोना चांदी तो छल करेंगे
(आज हैं–कल नहीं होंगे)
सलामत रहेगा–तो इश्क़ रहेगा...

इश्क़, फ़कीर की लठिया है...

इश्क़ की राह सुई के छेद सी है
धागा बन जाओ–तो इसका अनुमान होगा...

इश्क़ छिपाने से नहीं छिपता

विरह उसकी निशानदेही करता है...

इश्क़ हाथी हुआ, रांझा महावत हुआ
और हाथ में अंकुश लिए हुए है...

जिसे इश्क़ हुआ—
वह कातना-पीसना क्या जाने...

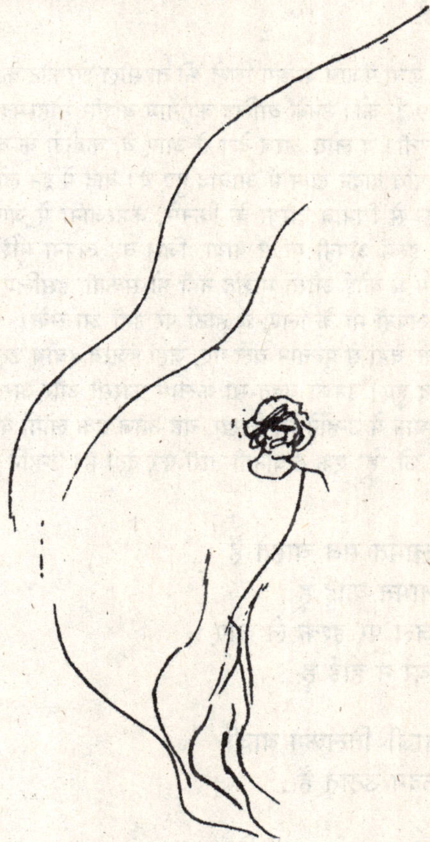

सुल्तान बाहू

1629-1691 ई.

सुल्तान बाहू का जन्म पंजाब के झंग जिले की तहसील शेरकोट के एक गांव अवान में हुआ था–1629 ई. को। उनके वालिद का नाम बाशीर मोहम्मद था, और अम्मी का नाम बीबी रास्ती। ये लोग अरब देश से आए थे, कर्बला के वक़्त, और झेलम दरिया के किनारे गांव दादन खान में आबाद हुए थे। बाद में इन लोगों को शाहजहां बादशाह की तरफ़ से चिनाव दरिया के किनारे, कहरजाना में जागीर मिली। बाहू ने रूहानियत का इल्म अपनी मां से पाया, जिसे वह अपना मुर्शिद कहना चाहते थे, लेकिन इस्लाम में कोई औरत मुर्शिद नहीं हो सकती, इसलिए बाहू के दिल में जो अहसास थे, अपनी मां के लिए, वे होठों पर नहीं आ सके।

सुल्तान बाहू वहां से मुल्तान चले गए, जहां हज़रत हबीब-उल-क़ादरी के पास जाकर उनके मुरीद हुए। उनका बहुत-सा कलाम फ़ारसी और अरबी में मिलता है, लेकिन पंजाबी ज़ुबान में उन्होंने जो लिखा, वह आज तक लोगों के दिलों में बसता है। उनके कलाम की 'हू' एक दीवानगी तारी कर देती है। उन्होंने कई रंगों में इश्क़ का ज़हूर देखा–

ईमान सलामत सब चाहते हैं
इश्क़ सलामत कोई हू
जिस मंजिल पर इश्क़ ले जाए
ईमाने ख़बर न होई हू...

इश्क़ मजाज़ी–तिलकन बाज़ी
दीवाने क़दम उठाते हैं...

जिन्होंने इश्क़ ख़रीद नहीं किया
उनके दोनों जहान खो गए...

इश्क़ में ज़िंदगी हार दी, तो फकीर हुए...

काज़ी ने शरअ की तरफ़–आकर
कभी इश्क़ की नमाज़ नहीं पढ़ी...

इश्क़ की ख़ातिर ईमान गया
हम काफ़िर हो कर जी लेंगे

वह बदनसीब है
जिसने इश्क़ की ख़रीद नहीं की...

जिस दिल ने इश्क़ ख़रीद नहीं किया
वह दर्द क्या जाने !

जिसने हुज़ूर से इश्क़ नहीं मांगा
वे दरगाह से गिरे हुए हैं...

हमने ऐसा इश्क़ किया...
जान-प्राण खुदा के हवाले कर दिए...

जहां एक रत्ती इश्क़ बिकता है
वहां कई मने ईमान नहीं पहुंच पाता..

इश्क़ जैसा कोई सर्राफ़ नहीं
दौलत का खोट उसे मंज़ूर नहीं

जिन्होंने इश्क़ हक़ीक़ी पा लिया
वे ख़ामोश रहते हैं...

इश्क़ ने जब बांग दी...
कानों में सच का हर्फ़ सुनाई दिया...

इश्क़ का सागर तो फ़लक पर चला गया
अब जहाज़ का लंगर कहां डलेगा

इश्क़ की आग में हाड़-मांस जलते हैं
और आशिक़ उसकी आग तापते हैं

इश्क़ की बात अनोखी है बाहू
शरअ़ से दूर ले जाती है...

आशिक़ इश्क़ की नमाज़ पढ़ते हैं...
जिसमें कोई हर्फ़ नहीं होता...

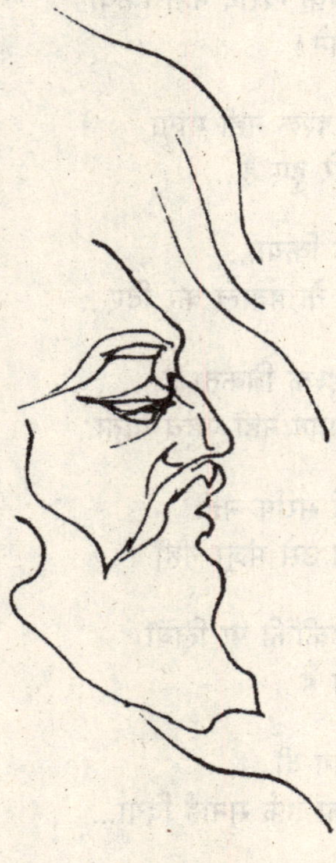

साईं बुल्लेशाह

1680-1758 ई.

साईं बुल्लेशाह का जन्म एक गांव गीलानिया में हुआ, 1680 ई. में। बाप सख़ी मोहम्मद दरवेश थे, जिन्होंने बेटे का नाम अब्दुल्ला रखा, लेकिन जब वे लोग गीलानिया से पांडों के भट्टियां गांव आए, वहां सख़ी मोहम्मद दरवेश ने एक मदरसा बनाया, जहां बच्चों को तालीम दी जाने लगी। वहीं अब्दुल्ला ने कुछ तालीम पाई, फिर बड़े शहर कसूर में चले गए, इस्लामी तालीम पाने के लिए, लेकिन कुछ सालों के बाद जब रूहानियत में उतरे, तो लाहौर चले गए, जहां हज़रत शाह इनायत क़ादरी का नाम बड़ी इज़्ज़त से लिया जाता था। क़ादरी साहब छोटी जात के थे, लेकिन अब्दुल्ला ने उनमें रूहानियत की ऐसी किरन देखी, कि सैयद होकर भी उनके मुरीद हुए। तभी दीवानगी में नाचते हुए अपने को बुल्ला कहने लगे, और इस तरह अब्दुल्ला से बुल्लेशाह हुए।

साईं बुल्लेशाह इतने अलमस्त दरवेश हुए कि एक बार उनका पीर रूठ गया। उन्हें कोई रास्ता नजर नहीं आ रहा था, पीर को मनाने का। जब देखा कि पीर के पास कुछ गाने-बजाने वाले जा रहे थे, जिनमें क़व्वाली के साथ नृत्य करने वाली कुछ औरतें भी थीं। साईं बुल्लेशाह ने औरत का लिबास पहन लिया, और उनके साथ मिलकर वहां पीर जी के सामने गाने-बजाने वालों में बैठ गए।

पीर का दीदार पाकर वे इतने दीवाने हुए कि उठकर नाचने लगे। विरह के गीत गा रहे थे, नाच रहे थे, और रो रहे थे। पीर ने आवाज़ पहचानी, और उठकर अपनी छाती से लगा लिया...

ऐसे अलमस्त दरवेश का कलाम दर्द में भीगा हुआ है–

इश्क़ ने हमारे साथ वह सलूक किया
कि लोग ताने देने लगे...

तेरे इश्क़ ने और तेरी जुदाई ने
इस तरह जला दिया
कि हम ख़ाक हुए जाते हैं।

जब मैंने इश्क़ का सबक़ पढ़ लिया
तो मस्जिद से दिल डरने लगा...

इश्क़ ने सजदा करने का होश भी भुला दिया...

इश्क़ का हर्फ़—एक नुक़्ता है...

इश्क़ का दमामा बजने लगा
और मैं नाचने लगा...

अगर कोई इश्क़ की ख़रीद करेगा
पहले अपना सिर देना होगा...

बुल्लेशाह का इश्क़ तो बाघ जैसा है
मेरा ख़ून पीता है, मेरा गोश्त खाता है...

झूठ भरम की बस्ती को छोड़ दे!
इश्क़ की हस्ती को क़ायम कर ले।

जब तक इश्क़ मजाज़ी नहीं होता
सुई बिना धागे के सी नहीं सकती...

तेरे इश्क़ ने मुझे थइया-थइया नचा दिया...

मैं क्या जानूं इश्क़ की ज़ात क्या होती है...

मैं इश्क़ को छिपा कर रखता हूं
वह मुंडेर पर जाकर नाचता है...

इश्क़ जब हीर की तरफ़ गया
तो रांझा कान छिदवा कर योगी हुआ...

इश्क़ रे! तूने क्या किया

मंसूर जैसे को सूली पर लटका दिया

इश्क़ अल्लाह की ज़ात–लोगों का उलाहना

इश्क़ जितना कोई ज़ालिम नहीं...
यह तो बेपीर की ज़हमत है...

हाफ़िज़ बरखुरदार

सत्रहवीं सदी के अंत में

हाफ़िज़ बरख़ुरदार क़िस्सा निगार थे, जिन्होंने यूसुफ़-ज़ुलेख़ा, मिर्ज़ा-साहिबां और सस्सी-पुन्नू के किस्से लिखे। उनके कलाम से–

अजी इश्क़ कैसा मांझी है
जो किसी को पार नहीं ले जाता...

साहिबां ने एक प्याला इश्क़ पी लिया
होश से मदहोश हुई जाती है...

अरे इश्क़ के ज़हर का प्याला
बेख़ौफ़ हो कर पी ले!

इश्क़ को लाज लग जाएगी
अगर परवाना होकर जलने से डर गया...

इश्क़ जिनके तन बदन में रम गया
किसी अंग पर ज़ख़्म दिखाई नहीं देता...

और–तौबा बहुत बार की
लेकिन क़दम इश्क़ की राह पर रुकते नहीं

अली हैदर

1690-1785 ई.

अली हैदर का जन्म मुल्तान जिले के गांव चौतरा का कयास किया जाता है–जहां अब उनका मज़ार मिलता है...

मुल्तान उस समय सूफ़ी दरवेशों का गढ़ था, और अली हैदर सूफ़ियों के क़ादरी सिलसिले से ताल्लुक़ रखते थे...

उन्होंने नादिरशाह के हाथों हुई तबाही और बर्बादी को भी देखा, और यह राज़ पाया कि इस तरह का हमला निज़ाम-उल-मुल्क के कहने पर हुआ, इसलिए वह अपने कलाम में मुल्क के गद्दारों पर लानत भेजते हैं...

अली हैदर ने सीहरफ़ियां भी लिखीं और क़ाफ़ियां भी। कहा जाता है कि उन्होंने अरबी की आयतों का भी पंजाबी में इस्तेमाल किया। उनके कलाम से–

इश्क़ का दमामा तो जगह-जगह बजता है
मुझे लैला की तरह उसकी पहचान नहीं

इश्क़ का लम्बा रास्ता तो मैं चलता रहा
लेकिन मजनू की तरह जंगलों में नहीं गया...

क़ाज़ी रे! शरअ़ ने तो इश्क़ से जन्म लिया था...

जिसने इश्क़ की किताब खोल ली
उसे और कुछ भी याद न रहा...

इश्क़ इमाम है
मोहब्बत नमाज़
और मुरली–कुरान का हर्फ़

जहां इश्क़ का मसला खुल गया
वहां आयतें मत सुनाओ!

हमने इश्क़ के क़ायदे से सबक पढ़ लिया
मुल्ला! अब और कोई वायदा हम से न लो।

इश्क़ जिसके ख़्यालों में बस गया
उन्होंने किताबें बंद कर दीं, मस्जिद छोड़ दी...

हे खुदा! मुझे अपनी ज़ात का इश्क़ देना!
मुझे किसी ग़ैर का शौक़ नहीं है...

इश्क़ से खौफ़ज़दा हुआ
तो आकाश कांपने लगा...

इश्क़ की सुगंधि आएगी
तो हीर बीबी मत सूंघना
रगों में उतर जाएगी...

इश्क़ ने ऐसा ग़ोता दिया
मैं सागर में वहां गिर गया
जहां मोतियों का ठिकाना है...

इश्क़ असील के हिस्से आता है
अहमक़ों के हिस्से नहीं

जिन्होंने इश्क़ की चोली रंग ली
सफ़ेद चादर फाड़ दी...

जहां इश्क़ का क़याम हुआ
वहां धन-दौलत नहीं ठहरते...

हाफिज़ शाहजहान मुक़बल

अठारहवीं सदी के दरम्यान

मुक़बल क़िस्साकार थे, लेकिन इनके संबंध में बहुत कम जानकारी मिलती है। हीर-रांझा का क़िस्सा इनका लिखा हुआ बहुत मक़बूल हुआ। इनके जन्म का समय, वारिस शाह के जन्म से क़रीब बीस साल पहले अनुमान किया जाता है। इनकी आंखों की रोशनी जाती रही थी, इसलिए जो बोलते, वह लिखा जाता, लेकिन जब तहरीर किया जाता, तो लिखने वाले कई बार ईमानदारी से नहीं लिखते थे। मसलन पंजाबी लिपि में उनकी एक इबारत है–

'मुक़बल सतगुरु पुरख दयाल मेरा' लेकिन वही इबारतं फ़ारसी लिपि में लिखे गए कलमी नुस्ख़े में बिल्कुल अलग है–मुक़बल ग़ौस महियोदीन पीर मेरा...

ज़ाहिर है कि लिखने वालों पर मज़हब का ग़लबा पड़ा, तो उन्होंने ईमानदारी को हाथ से छोड़ दिया...

मुक़बल की शायरी में इश्क़ का इज़हार बड़ी गहराई से मिलता है–

इश्क़ वलियों और पीरों की जात है...

रांझे पर किसी परी या प्रेत का साया नहीं
इश्क़ का साया है...

खुदा मुझ पर मेहरबान हुआ
जिसने इश्क़ हक़ीक़ी का नसीब दिया...

इश्क़ की शराब पी कर आशिक मदहोश हुआ...

इश्क़ के नाम पर ख़िज़र कहता है...
अभी तो तुम्हें शौक़ का दरिया तैरना है...

इश्क़ का स्थान ईमान के यहां होता है...

इश्क़ का सौदा लिया
तो सारे व्यापार छूट गए...

इश्क़ अल्लाह की ज़ात है–
पर लोगों का उलाहना...

सब लिबास उधेड़ दिए...
तेरे इश्क़ का जामा टांक रही हूं...

इश्क़ की आमद हुई...
न जीने का ख़ौफ़ रहा, न मरने का...

इश्क़ का रास्ता सिर्फ़ आशिक़ों को मिलता है...

इश्क़ के दरिया का पार नहीं पड़ता
खुदा! तू मेरा हाथ ले!

इश्क़ की चिनगारी आंख में पड़ गई...
कोई महरम हो तो वह निकाले...
इश्क़ की आग में तप गया
तो घर-बार छोड़ कर फ़क़ीर हुआ...

किसी तबीब के पास इश्क़ की दवा नहीं होती...

जिसने इश्क़ के रहस्य को नहीं पाया
उसकी नमाज़ और रोज़ा क़बूल नहीं होगा...

सैयद हाशिम शाह

1735-1843 ई.

सैयद हाशिम शाह, अरब के क़ुरैश ख़ानदान से ताल्लुक़ रखते थे। उनके ख़ानदान का कुर्सीनामा मिलता है, जिसमें ज़ाहिर है कि हाशिम शाह के वालिद हाजी मोहम्मद शरीफ़ थे, जो 1643 में मदीना में पैदा हुए। वह हज़रत बख़्त जमाल नौशाही क़ादरी के मुरीद थे। इसीलिए 'नौशाहिया फ़क़ीर' कहलाते थे। जब वह हिंदुस्तान में आए, तो पंजाब के, अमृतसर जिले के एक गांव जगदेऊ कलां में क़याम किया। हिकमत जानते थे, इसलिए खुदा की बंदगी के अलावा अपनी गुज़र-बसर के लिए हिकमत करते थे। वे 1753 ई. तक ज़िंदा रहे। उनके तीन बेटे हुए–हाशिम शाह, रहमतुल्लाह और कासिम शाह।

उनके ख़ानदन से पता चलता है कि हाशिम का जन्म 27 नवंबर, 1735 ई. को हुआ, जबकि उनका खानदान अभी मदीना में था। वे लोग जब पंजाब में आए–जगदेऊ कलां में–तो वहीं हाशिम शाह ने फ़क़ीरी की रम्ज़ पाई, और खुदा की मोहब्बत में सूफ़ी कलाम लिखा।

इस सूफ़ी शायर को लोग आज तक मानते हैं–जहां गांव का नाम ही 'जगदेऊ हाशिम' कह कर पुकारते हैं। जहां उनका तकिया था, वह स्थान 'तकिया हाशिम शाह' कहलाता है। जो पास का कुआं है–वह 'फ़क़ीरों का कुआं' कहा जाता है, और तकिये से थोड़ी दूर जो उनका घर था, वह 'हाशिम की अटारी' कहा जाता है।

हाशिम शाह ने क़सूर जाकर तालीम हासिल की थी–फारसी, अरबी, संस्कृत और पंजाबी–चारों भाषाएं रगों में बस गईं। ज़ाहिर है कि संस्कृत की तालीम उन्होंने बनारस जाकर पाई और कई बार हिंदी में भी शे'र कहते थे। अरबी और फ़ारसी में लिखी हुई उनकी किताबों के अलावा 'ज्ञानप्रकाश' नाम की एक किताब हिंदी में भी मिलती है। 'क़िस्सा शीरी फ़रहाद', 'किस्सा हीर-रांझा' और 'किस्सा सस्सी-पुन्नू' पंजाबी में मिलते हैं। इनके मुर्शिद सैयद गैसुल आज़म मुहिउद्दीन अब्दुल

कादरी जीलानी कहे जाते हैं, जिन्हें पीराने पीर कहा जाता है...हाशिम शाह के हिंदी में लिखे हुए शे'र भी मकबूल हुए–

देंत पसारन मुहिउद्दीन, जगदीश मेरे सब कारज कीजे
बीजत मांगत है हर कोई, हाशिम मांगत है बिन बीजे...

हाशम जी को दरवेशी विरासत में भी मिली, रूह के आलम में भी–

कपड़ा एको जिन्स का, छींट पई बहु भांत
ऊंच-नीच कोई नहीं, सब साहब की जात

सस्सी की बातें सुनते हुए
होत ने कामिल इश्क़ कमा लिया...

इश्क़ के क़साईं ने–
बिना तलवार के सस्सी को हलाक किया...

इश्क़ ने इतना गुमराह किया
कि पुन्नू को आना-जाना भूल गया...

ऊंटों वाले इश्क़ का सार क्या जानें

कारवां वालों का कोई दोष नहीं
इश्क़ ने कई घर बरबाद किए

इश्क़ करना, और सुख की नींद सोना
किसी भी हिसाब में नहीं आता

इश्क़ इतना ज़ालिम हुआ
कि दिल का ख़ून आंखों से बरसने लगा...

गली-गली में रुला दे...
यह इश्क़ की आदत में शुमार है

सस्सी के अलावा
इश्क़ की छमक कौन झेल सकता है...

इश्क़ की ख़ातिर
हुस्न और जवानी ख़ाक में मिल गई

इश्क़ जिस आंगन में क़दम रखता है
उसकी जड़ काट देता है...

यह ज़फ़र इश्क़ मिज़ाज़ी...
गलियों की खाक में मिला देती...

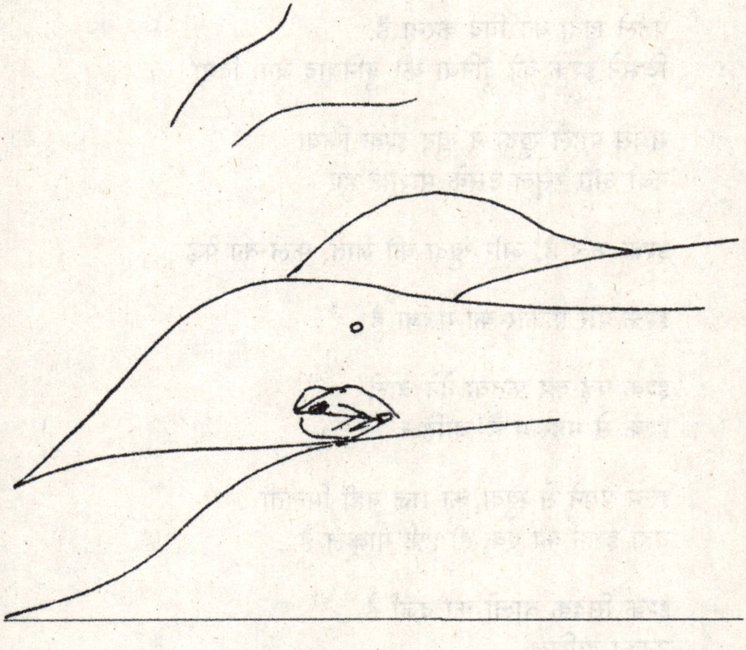

वारिस शाह

1738-1798 ई.

वारिस शाह को पूरा पंजाबी साहित्य, सुख़न का वारिस मानता है। किताब से निकल कर वारिस शाह का कलाम लोगों के दिलों में बसने लगा। वारिस शाह की क़लम से किस्साक़ारी का हुनर उरूज पर आया। इश्क़ के जाने कितने रंग वारिस के कलाम में खिलते हैं–

पहले खुदा का विर्द करना है...
जिसने इश्क़ को दुनिया की बुनियाद बना दिया

सबसे पहले खुदा ने खुद इश्क़ किया
नबी और रसूल उसके माशूक़ हुए

इश्क़ फल है, और खुदा की ज़ात, फल का पेड़

इश्क़ पीर फ़क़ीर का मर्तबा है

इश्क़ पढ़ कर फ़तवा देने वाले
इश्क़ से महरूम हैं–जाहिल

इल्म पढ़ने से खुदा का राज़ नहीं मिलता
वहां इश्क़ का एक ही हर्फ़ माक़ूल है...

इश्क़ सिदक़ वालों का दर्जा है
उनका हासिल

लाख इबादतें करते रहें
इश्क़ के बग़ैर निजात नहीं है...

इश्क़ की ख़ातिर जमीन आसमान बने...

लौह क़लम का एक ही उसूल है–इश्क़...

इश्क़ की राह में ही उसका मक़सद मिलता है...

जिन्होंने इश्क़ क़बूल किया
उनका नसीब दिल में खिलता है...

जिन्होंने इश्क़ को रसूल कर लिया
उन आशिक़ों पर खुदा का करम हुआ...

इश्क़ की मंज़िल से क़दम कभी लौटते नहीं...

ज़ालिमों ने–इश्क़ की तेग़ से उन्हें शहीद कर दिया...

जब इश्क़ के काम को हाथ लगाएं
पहले ख़ुदा का नाम लें!

दोस्तों ने फरमाइश की–
कि हीर-रांझा के इश्क़ की दास्तान
मैं नए सिरे से लिख दूं

हीर के अंग-अंग से इश्क़ बोलता है...

इश्क़ की दहशत, तेग़-तलवार से भी बुरी...

इश्क़ की ताब झेल पाना बहुत मुश्किल...

इश्क़ गुरु हुआ...
और सारा जगत उसका चेला...

इश्क़ के सागर की लहर
डूब जाने के लिए होती है

इश्क़ की हमेशा यही दास्तान
कि तोहमतों का कर देना होता है...

जिन्होंने इश्क़ का मुआमला सिर पर उठा लिया
उन्हें किसी का डर और ख़ौफ़ नहीं होता

वारिस शाह इस इश्क़ के व्यापार से
किसी ने एक कौड़ी भी कन्नी में नहीं बांधी

पीरों ने कहा–बच्चो! खुदा को याद रखना
कहीं इश्क़ पर इल्जाम न आए

इस इश्क़ के वणज में
जान-प्राण भी देने होते हैं–सिर भी

पांच पीरों ने हुक्म दिया–
बच्चा! इश्क़ में कभी डोलना नहीं

आम के रस का दाग़ नहीं जाता
इश्क़ का दाग़ भी क़ायम रहता हैं

वारिस शाह! अगर जान-प्राण देना है
तो इश्क़ का हर्फ़ क़बूल करना!

बातें करना आसान है
पर इश्क़ की राह पर चलना बहुत मुश्किल

इश्क़ की राह–ऊबड़-खाबड़
इस पर चलना बहुत मुश्किल

इश्क़ करना...
हथेली पर ज़हर रख कर खा लेना है...

इश्क़ के काले हर्फ़–
जैसे कुंडल मार कर कई नाग बैठे हों

इश्क़ का रहस्य वही जानता है...
जो अक़्ल की गहराई में उतर सकता है...

कुम्हारन का इश्क़–रूह की ग़िज़ा है...

तेलन का इश्क़ मोह में भीगता नहीं...

जुलाहिन का इश्क़ तो कच्चे धागे जैसा–

लौहारन का इश्क़ बुरी चोट करता है...

पंजाबनों का इश्क़ उड़ कर चिपट जाता है
पच्छी में पड़ी हुई रूई जैसा...

बंगालनों का इश्क़ लटपटा होता है...

इश्क़ बार में शेर की तरह गरजता है...

कुंवारियों का इश्क़ नित नया उलाहना है...

रांझे का इश्क़–गहरा ज़ख़्म लिए हुए था...

दरवेशी का इश्क़ मोतबर होता है...

डोमनी के सामने तो इश्क़ भाग जाता है...

इश्क़ की घुट्टी जिन्होंने पी ली
वह इश्क़ हड्डियों में उतर गया...

ख़ानगी का इश्क़ जैसे ख़ुदा की फटकार हो...

मछेरन का इश्क़ जाल फैलाता है...

चमारिन का इश्क़ सीधा कब्र में ले जाता है...

मेहतरानी का इश्क़–सिर पर कूड़ा उठवाता है...

राजपूतनी का इश्क़ हमलावर की तरह आता है...

पीरज़ादियों का इश्क़ सिर मांगता है...

पहाड़नों का इश्क़ खुली घाटियों की तरह
और पिशौरिनों का इश्क़ पर्दे की ओट में...

दलालन का इश्क़ मुनाफ़ा मांगता है
और बंजारन का राहों में रुलाता है

सैयद ज़ादियों का इश्क़ वज़ू करता है

मनिहारनों का इश्क़ होश-हवास हरता है...

अरोड़ियों का इश्क़–हाट को सजाता है...
राहज़नियों का इश्क़–खाई में गिराता है

पटफेरनों का इश्क़ दरिया में तूफ़ान लाता है
पक्खी वासनों का इश्क़ तूफ़ान को सिर पर उठाता है

चिड़ीमारों का इश्क़ राहों में जाल फैलाता है

क्षत्राणियों का इश्क़ नर्म पूरी और लुच्ची जैसा
ब्रह्मणियों का इश्क़ रांधी हुई खीर जैसा

प्रोहितनी का इश्क़ हाथ में माला लिए होता है
नटनी का इश्क़ हाथ में बांस उठाए हुए...

कश्मीरनों का इश्क़–पल्लू नहीं छोड़ता
और ललारनों का इश्क़–सात रंगों में रंग देता

गांव वालियों का इश्क़–आजिज़ की तरह बैठा हुआ
और भट्ठी वालियों का इश्क़–हाथ में छड़ी लिए आता

आचारजनी का इश्क़–चौराहे पर बिठा दे

धोबिन का इश्क़ भट्ठी पर चढ़ा दे
और पटरे पर पड़ा सूख जाएगा...

कसाइन को इश्क़ हुआ–तो तन-बदन की ख़ैरियत नहीं
सुनारन को इश्क़ हुआ–तो आसमान से तारे तोड़ लाए

बढ़इन का इश्क़...
खूंटी की तरह गाड़ देगा...

नाईन का इश्क़–उस्तरे की धार जैसा...

पद्मिनी स्त्री का इश्क़
दानेश्वर हो कर इश्क़ की आबरू रख लेगा

हस्तिनी-शंखनी का इश्क़–
हाड़-मांस को गला देगा

इश्क़ न भाट, ब्राह्मण, न डोम नाई होता है
इश्क़ तो खुदा की ज़ात का रहस्य होता है

इश्क़ का हाल देखना है
तो खुदा और नबी के इश्क़ को पहचान ले

इश्क़ की रणभूमि से–
किसी बहादुर का पैर पीछे नहीं हटता...

अगर दर्द, फ़िराक़ पीछे हट गए
तो इश्क़–हमलावर को कौन झेलेगा...

चोरी और अपहरण से
इश्क़ की आबरू नहीं रहती

इश्क़ की तपिश तो सह लें
पर ईर्ष्या करने वालों की
और चुग़ली खाने वालों की लगाई आग का क्या करें?

वासक नाग, जिसने धरती सिर पर उठाई है
वह मेरे इश्क़ का रहस्य जानता है

इश्क़ की क़द्र तो आशिक़ जानते हैं काज़ी!
कोई जाहिल क्या जाने!

इश्क़ के दरबार का दरवाजा खुला होता है
किसी आशिक़ को यह दरवाज़ा रोक नहीं पाता

इश्क़ से भाग कर तो वह जाए भाभी!
जो किसी कंगाल का बेटा हो...

इश्क़ की छुरी ने मेरा जिगर काट लिया
और विरह की देग़ में रांधने रख दिया...

इश्क़ गीले धान की तरह...
जिसे विरह की चक्की में पीसना है...

इश्क़ की छलनी ने छान दिया मुझे
अब मैदे की तरह गुंध जाना है...

इश्क़ रंगों में उतर जाए–
तो बाहर के ज़ोर-जब्र से क्या होगा...

रांझा–आशिक़ों की बारात में वह है
जिसके सिर पर इश्क़ का सेहरा बंधा है...

इश्क़ का पता पूछना है–
तो बर्बाद होने वालों के आंगन पूछ लेना

इश्क़ की दास्तां कबूल ली–
तो बिना उजरत ग़ुलाम हुए...

हीर इश्क़ के दरिया में गई–
जहां कोई नाव नहीं, कोई मांझी नहीं

वारिस शाह जिसे इश्क़ हुआ
न दीन उसका, न दुनिया उसकी...

इश्क़ का नाग तो सीने में बैठा है...
जिसका दंश भीतर से लगना है...

इश्क़ की लपट पर जलना
शमा पर पतंगे की तरह जलना है...

जिसने इश्क़ की रम्ज़ नहीं पाई
वह दुनिया के बोझ को उठाने वाला पशु है...

इश्क़ जब उस्ताद हुआ...
तो उससे वस्ल का हर्फ़ पढ़ना है...

इश्क़ की खातिर
कानों की बालियां उतार कर
योगी के कुंडलों को पहनना है

इश्क़ की राह पर तो साबुत क़दम चलना होता है

इश्क़ का जख्म नासूर की तरह
जो कभी भरता नहीं...

आशिक़ों की पीर इश्क़ होता है...

इश्क़ में मरने वालों जैसा कोई शहीद नहीं
और सब्र जैसा कोई हथियार नहीं

ढाई रोटियों की खबर जानने वाले
इश्क़ क्या जानें!

वजूद के स्याह अधेरे में
इश्क़ की शमा जलानी होती है

इश्क़ के दरिया में
नेक नीयत की नाव में उतरना होता है

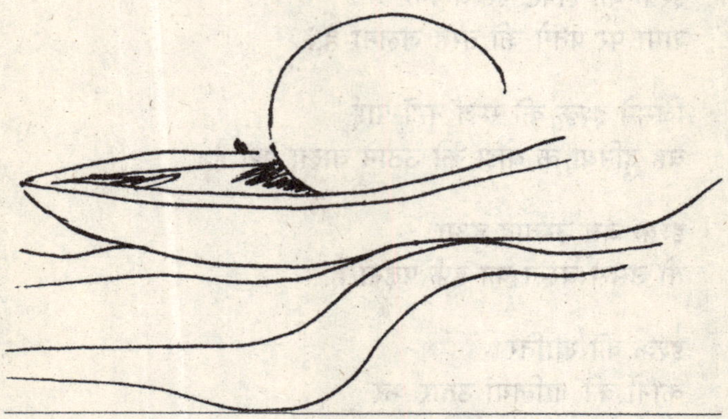

अहमद यार

1768-1880 ई.

अहमद यार बहुत से क़िस्से लिखने वाला शायर हुआ, जिसे क़िस्साकारी का गहरा इल्म था... इनका जन्म गुजरात ज़िले के इस्लाम गढ़ में हुआ और इन्होंने पूर्व काल के क़िस्साकारों पर जो इशारतन कहा, वह एक तरह से किस्साकारी का दस्तावेज बन गया...खुद एक बड़े किस्साकार होकर उन्होंने वारिस शाह को सुख़न का वारिस कहा... और अपने लिए कहते हैं कि उस्तादों की ख़िदमत की और उनसे सच का हर्फ़ पाया।

इनके कलाम में भी इश्क़ का लफ्ज़ बड़े अहतराम से आता है, और इश्क़ को आतिश का दरिया कहते हैं–कहा जाता है कि उठती जवानी में जिस सुंदरी को दिल में बसा लिया, वह इनकी ज़ात की नहीं थी। बहुत मुमकिन है कि इनके मज़हब की नहीं थी, इसीलिए दर्द का एक बीज इनके अंतर में पड़ गया, जो अक्षरों में खिलता रहा...

ख़ुदा ने इश्क़ को ज़ाहिर किया–
इसी से चांद-सितारे ज़हूर में आए...

इश्क़ के क़ाफ़िले में...
चांद-तारे घंटियों की तरह बजते हैं

इश्क़ हक़ीक़ी–हीर दीवानी

रांझा, जब गाय-भैंसों को हांकने लगा
हाथ में इश्क़ की डंगोरी पकड़ ली...

इश्क़ की सुगंधि से...
रूह को राहत मिलती है

चौदह तबक़ पर इश्क़ का निशान झूलता है

इश्क़ का साया पड़ा
दुनियादारी का पेड़ सूख गया...

इश्क़ की आग का यह दस्तूर है
कि भीतर सुलगती-सुलगती एकदम भड़क जाती है...

इश्क़ की काली घटा छा गई–
तो कौन-सी राह आराम पाए...

इश्क़ की घटा इलाही...
इश्क़ की आंधी हरजाई...

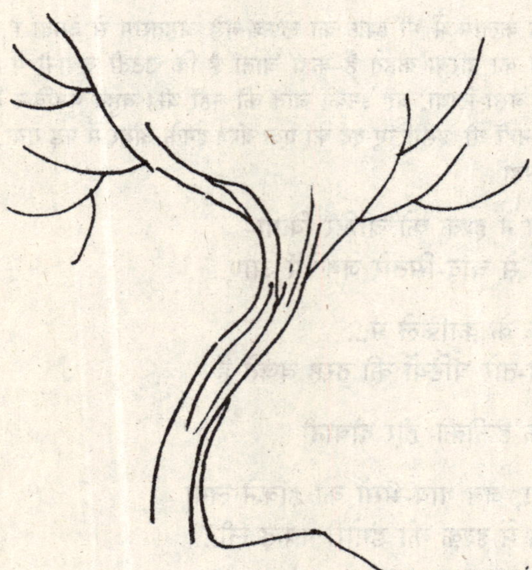

फ़ज़लशाह

1827-1880 ई.

फ़ज़लशाह का जन्म 1827 ई. का कहा जाता है। लाहौर की एक बस्ती नवां कोट में सैयद कुतबशाह के घर इनका जन्म हुआ। क़िस्साकार थे, और उनकी लिखी सोहणी-महिवाल की दास्तान आज भी गाई जाती है। इनके कलाम में इश्क़ का इज़हार कई रंगों में मिलता है–

अव्वल सिफ़त खुदाया की–
जिस ने इश्क़ से कुल जहान किया

लौह कलम, चौदह तबक़, और अर्श–
इश्क़ सब का निगहबान हुआ

आशिक़ों पर ख़ुदा का फ़ज़ल हुआ
कि उनमें इश्क़ ने मकान कर लिया...

रांझा तख़्त हज़ारे का चौधरी था
इश्क़ ने उसे चरवाहा बना दिया

हीर इश्क़ में दीवानी हुई–
तो चरागाहों में बावरी सी घूमने लगी...

पुन्नू मकरान से इश्क़ लाया था
रेगिस्तान में सस्सी के साथ क़ुर्बान हुआ...

साहिबां भी इसी इश्क़ में तबाह हुई

यह सब किसलिए कहते हो–
इश्क़ नहीं जानता–अब क्या होगा...

जो इश्क़ की राह चल दिए–
वे लौट नहीं पाते

अक़्ल ने जब इश्क़ के पैर पहचान लिए
नफ़ा-नुक़सान पीछे छूट गया

इश्क़ आतिश है–जलती हुई मशाल
तिनकों की ओट में न रहेगी

इश्क़ ने दरवेश होना सिखा दिया

ताज, तख्त वाले, इश्क़ ने फ़क़ीर कर दिए...

इश्क़ की राह से लौटना
उस राह को दाग़दार करना है...

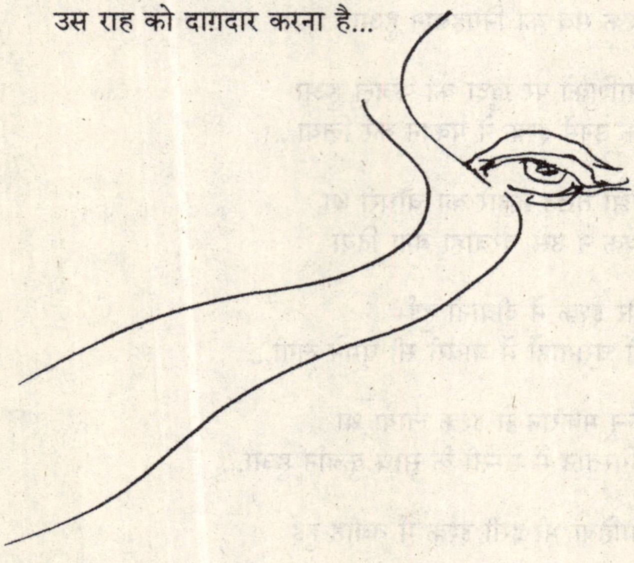

हिदायतुल्लाह

1838-1929 ई.

हिदायतुल्लाह लाहौर के रहने वाले थे–गली चाबक सवारों में। मुग़ल थे, लेकिन वक़्त का तक़ाजा था कि दर्ज़ी का काम करते थे। इन्होंने ग्यारह सी-हरफ़ियां लिखीं और सी-हरफ़ी उरूज पर पहुंची। इनका पता इनके कलाम से ही मिलता है–

पंजाब के एक शहर लाहौर में
जहां हमेशा नूर बरसता है
वहां हिदायतुल्लाह दर्जी का काम करता हुआ
गली चाबक सवारों में बसता है...

इनके कलाम में इश्क़ का ज़िक्र तल्ख़ लहजे में भी है, और उसकी बुलंदी के लहजे में भी...

उलटी छुरी पकड़कर
तेरा इश्क़ मुझे काटने लगा...

मुझे कौन जानता था
तेरे इश्क़ ने बदनाम कर दिया...

तेरे इश्क़ ने जो ज़ख़्म लगाए
उन पर पट्टी कौन बांधेगा

यह सब तेरे दीदार के लिए था
पर तेरे इश्क़ ने ख़ाक कर दिया...

तेरे इश्क़ ने मुझे पकड़ कर
मंसूर की तरह सूली पर लटका दिया...

इश्क़ का ताप इतना हुआ
अब कोई तबीब नहीं

इश्क़ की चिनगारी ने–
तन-बदन जला दिया...

इश्क़ का दरिया–खूनी दरिया होता है...

सस्सी को इश्क़ ने मरुस्थल में रुला दिया
सोहणी को इश्क़ ने दरिया में डुबो दिया
हीर को इश्क़ ने ज़हर पिला दिया

इश्क़ की लज़्ज़त वे जानते हैं
जिन्होंने इश्क़ के जाम पिये हैं...

चोली-चुनरी फाड़ कर मैंने
इश्क़ का मातमी वेश पहन लिया

मैं इश्क़ की नाव पर बैठी हूं
जिसने हर मुसाफ़िर डुबो दिया...

इश्क़ के क़साईं की छुरियां
खुदा जाने मैं कितनी झेल चुकी

इश्क़ में ख़ाक हो जाएगा
तो ख़ाक से कई रंगों के फूल खिलेंगे...

जिन्हें इश्क़ नसीब नहीं हुआ
उनकी उम्र तो व्यर्थ गई...

ज़मीन से उठाकर फ़लक पर ले जाता है
इश्क़, आदमी का नसीब बुलंद करता है...

जब तक जिंदा रहूं, तेरा शौक़ बना रहे
और मरते हुए तेरा इश्क़ मेरे साथ हो !

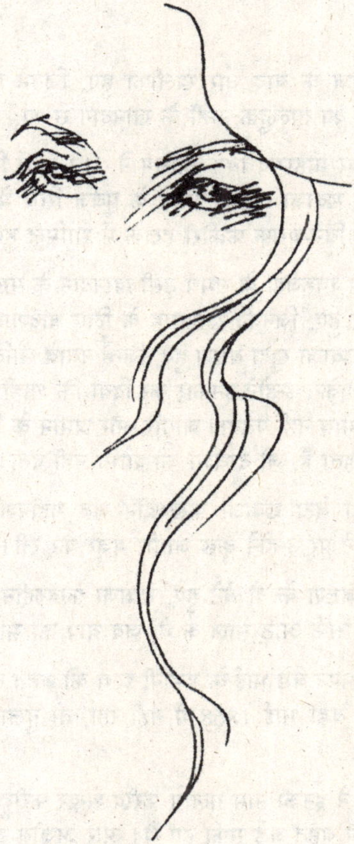

ख़्वाजा ग़ुलाम फ़रीद

1840-1901 ई.

हज़रत मोहम्मद साहब के बाद चार खलीफा हुए, जिनमें एक हज़रत उमर थे। ख्वाजा ग़ुलाम फ़रीद का ताल्लुक़ उन्हीं के खानदान से था...

अरबी हमलावर मोहम्मद बिन क़ासिम ने 712 ई. में सिंध पर कब्ज़ा किया था। आठवीं सदी में ख़्वाजा ग़ुलाम फ़रीद के पूर्वज सिंध में आए थे। उन्हीं की सातवीं पीढ़ी के ईसा-बिन-यूसफ़ फक़ीरी हलक़े में शामिल हुए...

मुग़ल बादशाह शाहजहां के समय उसी ख़ानदान के मख़्दूम नूर मोहम्मद एक माने हुए सूफ़ी फ़क़ीर हुए, जिनकी ख़ानगाह के लिए बादशाह शाहजहां ने जागीर दी। उन्हीं के वंश में ख्वाजा खुदा बख़्श हुए, जिन्हें नवाब सादिक ख़ान ने कुछ गांव जागीर में देने चाहे, लेकिन उन्होंने इनकार कर दिया कि शाही नज़राना लेने से पीरी फ़क़ीरी पर अच्छा प्रभाव नहीं पड़ता। जागीर और ज़मीन के सिलसिले में कई बार अदालतों में जाना पड़ता है, जो दरवेशों को शोभा नहीं देता।

उन्हीं का बड़ा बेटा ख्वाजा फ़ख़रुद्दीन जब गद्दीनशीन हुआ, तो नवाब बहावलपुर के जोर देने पर उन्होंने कुछ जागीर मंजूर कर ली।

ख़्वाजा ख़ुदा बख़्श के दो बेटे हुए, ख़्वाजा फ़ख़रुद्दीन और ख़्वाज़ा ग़ुलाम फ़रीद। ग़ुलाम फ़रीद सिर्फ आठ साल के थे, जब बाप का साया सिर से उठ गया।

ग़ुलाम फ़रीद अपने बड़े भाई के रूहानी इल्म की बहुत तारीफ़ करते हैं, अपने कलाम में, और जब बड़ा भाई 1868 में नहीं रहा, तो ग़ुलाम फ़रीद–फ़क़ीरी की गद्दी के जांनशीन हुए...

कहते हैं, बाप ने इनका नाम ग़ुलाम फ़रीद शेखर फरीदुद्दीन के नाम पर रखा था, जो अपने वक्त में बहुत बड़े सूफ़ी हुए थे। और अजीब इत्तफाक़ है कि पंजाब में सबसे पहले और महान् सूफ़ी का नाम शेख़ फ़रीद का लिया जाता है, और उतनी ही बड़ी मान्यता से आखिरी नाम ख़्वाज़ा ग़ुलाम फ़रीद का लिया जाता है।

ख़्वाज़ा ग़ुलाम फ़रीद के जन्म के समय मोहम्मद अशरफ़ साहब सिंधी ने कहा था–यह बच्चा जन्म से ही वलीअल्लाह है।

यह बहुत छोटे थे, जब तालीम शुरू हुई, तो मौलाना ताज महमूद ने रस्म बिस्मिल्लाह के लिए अलिफ़ पर अंगुली रखते हुए कहा–'बोलो, गुलाम फ़रीद-अलिफ़'।

लगता है, ग़ुलाम फ़रीद ने सचमुच अलिफ़ अल्लाह का राज़ पा लिया था। मौलाना बार-बार यही बोलते रहे, और बच्चा यही दोहराता रहा। उस समय उनके वालिद जिंदा थे, जिन्होंने क़व्वालों से कहा, "इस फ़िक़रे को कव्वाली में बांध दो।" और इस तरह इनकी हाज़िरी में जो क़व्वाली गाई जाने लगी–"एक अलिफ़, हम बस रे मियां जी!" उसने सारी महफिल को खुदा के रंग में रंग दिया...

बड़े हुए तो उर्दू, हिंदी, ब्रज और सिंधी भाषा का इल्म पाया, बाद में अंग्रेजी का भी। इनकी रहनी और रचना हमेशा खुदा की मोहब्बत में लबरेज रही...

इनके इश्क़ की एक गाथा–भेड़ें चराने वाली 'होत' नाम की एक लड़की कही जाती है, और उस मोहब्बत को निकाह की सूरत दी गई...

मेरा इश्क़ भी तू, मेरा यार भी तू
मेरा दीन भी तू, ईमान भी तू...

है इश्क़ का जलवा हर एक जा
सुब्हान अल्लाह! सुब्हान अल्लाह!

इश्क़ है रहबर, मुर्शिद, हादी
इश्क़ है मेरा पीर

क़सम खुदा की, क़सम नबी की
इश्क़ है चीज़ लज़ीज़

तुम्हें इश्क़ कहूं, तुम्हें इल्म कहूं
तुम्हें वहम, गुमान, यक़ीन, कहूं...

दिल इश्क़ मचाई आग रे
जाग रे साईं जाग रे!

इश्क़ तो होता तीर बला का
ज़ुल्मी चोट करेगा...

इश्क़ ने भुला दी ता अ ता[1]

इश्क़ है गद्दी परम नगर की
इश्क़ है रहबर राह फ़क्कर की

हम इश्क़–मुल्क के मीर हुए
और पैहरन लीरो-लीर हुए...

ये इश्क़ की अलामतें
कि दर्द से तन-बदन गिरने लगा...

फ़रीद ने इश्क़ ख़रीद लिया
और दुनिया के काम से गए...

एक इश्क़ हमारा बेली हुआ
तो सब ये, वो को भूल गए...

इश्क़ ने अमन की बस्ती उजाड़ दी
तन-बदन की पोशाक फाड़ दी...

इश्क़ ने वीरान कर दिया...
और दर्द ने वहां डेरा डाल दिया

फ़रीद! इश्क़ ने परवाना लिखा है
इसलिए जंगल को रवाना होना है

---

1. इबादत

इश्क़ का दीदार पाया,
तो होशो-हुनर ज़ाया गए...

वाह! हज़रत इश्क़ मजाज़ी
लगी–राज़ की बाज़ी...

इश्क़ से बशारत का ज़ौक पाया
तो वतन याद आया

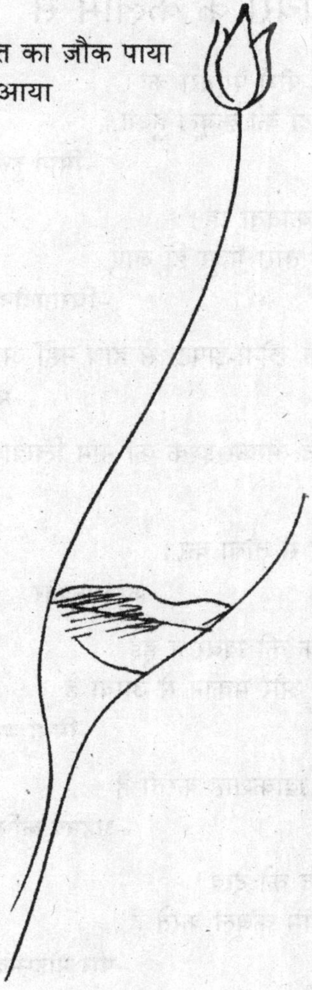

कुछ और शायरों के कलाम से

इश्क़ काम है–पीरों पैगंबरों का
और इश्क़ ख़ुदा को क़बूल हुआ...

–मियां हुसैन

इश्क़ की रुई कातता रह!
जाने कौन सा तारा मंज़ूर हो जाए

–चिराग़दीन

खुदा का इश्क़–छीना-झपटी से हाथ नहीं आता

–मौलवी अब्दुल्ला

अलिफ़ ने खुद आकर इश्क़ का नाम लिखा दिया

–मीरन

इश्क़ मिजाज़ी से तौबा कर!

–फ़रद फ़क़ीर

ईमान को इश्क़ की ख़बर न हुई
वह तो किसी और मकान से आया है

–मियां बख़्श

इश्क़ की राह ख़ाकशाह करती है

–अहमद कवि...

इश्क़ के कायदे को देख!
वे मौत का जाम क़बूल करते हैं...

–पीर मोहम्मद शाह

ख़ुदी, अहंकार कुछ भी न रहा
मैं तो इश्क़ की लहर में डूब गई

–शाह मोहम्मद

मैंने इश्क़ की अमानत सिर पर रखी है...

–ग़ुलाम रसूल

मुल्ला, मौलवी, पंडित, पांधे को
इश्क़ की राह पर चलना कभी नहीं आएगा

–अब्दी क़ैसर शाही

यारो! इश्क़ का मर्ज़ बुरा
जहां किसी तबीब का दवा नहीं चलती

–बरदा पिशावरी

इश्क़ चनाब का पानी
रगों में जादू जगाता है...

–क़ादिर यार

जैसे बर्फ़–पेड़ों को दबा दे
उसी तरह इश्क़, इन्सान पर ग़लबा डाल दे

–पीलू

यह तन तो लोहा है, और इश्क़ पारस
ख़ाक का बदन रोशन हो गया

–संत रेण

तलवार का ज़ख्म सिल जाता है
इश्क़ का घाव नहीं सिलता

–पीर बख़्श आसी

इश्क़ की मकतब अजीब देखा
ज़िबह होने वाले से जल्लाद घबराता है...

इश्क़ के सिदक़ को, इश्क़ की तलब को
जाहिल जनून का मर्ज़ कहते हैं...
इश्क़ के मुल्क में सिर्फ आशिक़ बसते हैं...

इश्क़ की निंदा करने वाला–
बेमुराद होता है, बदनसीब होता है...

–अहमद अली साईयां

जब इश्क़ ज़ाहिर हुआ–
तब न दीन था, न इस्लाम था

–रहीम यार

इश्क़ के सागर में उम्र की किश्ती को
वह ज़ालिम न डुबोता है, न पार लगाता है

–गामूं ख़ां

कोई कितना भी इल्मदार हो
इश्क़ हो जाए–तो अक़्ल भूल जाए...

इश्क़ के मर्ज़ का इलाज
कोई तबीब कैसे करे...

–मिलखी राम

इश्क़ की छलनी में छान ले
मारफ़त का मोती मिल जाएगा...

–इक़बाल दायम

इश्क़ तो चौदह तबक पर भारी है...

–मिस्कीन शाह बिस्मिल

इश्क़ ने मेरी वजह सूरत ऐसी कर दी
कि मल्कुल मौत को मेरी पहचान भूल गई...

यह मिस्कीन कहां भाग कर जाए
इश्क़ तो कब्र तक पीछा करता है...

–मेहता धनपत राय मिस्कीन

फ़ख़्र दीन! आशिक़ कुफ्र में मर गया
उसने इश्क़ में इस्लाम का नाम नहीं सुना था...
फ़ख़्र दीना! मेरा मज़हब दीन हुआ
इश्क़ का कलमा हुआ, और अज़ल का नूर हुआ...
इश्क़ की वाक़फ़ियत किसी को नहीं
इश्क़ वालों का सीना छेद-छेद होता है...
जिन्होंने इश्क़ से नूर पा लिया
वे हज-नमाज़ क्या करेंगे...
फ़ख़्र दीना! इश्क़ आसान नहीं
यह शाह मंसूर का काम है...

–मियां फखुद्दीन

शाह लतीफ़ के कलाम से

सिंध को पीरों-फकीरों का देश कहा जाता है। शाह अब्दुल लतीफ़ भी वहां सूफ़ी परंपरा के शायर हुए, जो सस्सी-पुन्नू के इश्क़ को इश्क़ हक़ीक़ी की गहराई तक ले गए। कर्तार सिंह अर्श ने बड़ी अक़ीदत से उनके सिंधी कलाम का पंजाबी में अनुवाद किया है, जिस में से कुछ पंक्तियां यहां शामिल कर रही हूं–

इश्क़ से मोहम्मद पैदा हुआ
कुल ख़लकत की ख़ातिर

तलब वाले–इश्क़ की राह बाद में पूछते हैं
पहले सिर उतारते हैं

छुरी का दर्द सिर पर सहन कर सकते हो
तो इश्क़ का नाम लेना

इश्क़ की राह
तलवार की धार पर चलना होता है...

अगर मरने की चाव है
तो इश्क़ की राह पकड़ लेना...

अपने सिर को अपनी हथेली पर रख कर
इश्क़ की राह पूछते हैं...

इश्क़ हक़ीक़ी
मरने पर विसाल होता है...

इश्क़ का राज़ दिल में रखना होता है...

इश्क़ की आग–फूलों की तरह खिलती है।

इश्क़ की छुरी
द्वैत को काट देती है...

अक्ल, इल्म पीछे छूट गए
अब इश्क़ रहबर होगा...

इश्क़ की आह भरने वाले
अल्लाह! अल्लाह! करते हैं...

जिन पर ख़ुदा की रहमत हो
इश्क़ की रम्ज़ उन्हें राह दिखाती है...

कुछ कहावतें

इश्क़ की मेहमानी
न चूल्हे में आग, न हुक़्क़े में पानी...

इश्क़ की शीरनी
हीरों की क़ब्र पर चढ़ती...

हीर मस्जिद हुई
और रांझे ने इश्क़ की नमाज़ अदा की

भूख, सालन नहीं पूछती
इश्क़, जात नहीं पूछता

तिब में इश्क़ की दवा नहीं
लुकमान हकीम कह गए...

हीर और रांझा ने खेती की
लौंग और सुपारी बो दी
और इश्क़ मोहब्बत खिलने लगे...

हीरे! हम खीर-शक्कर नहीं खाते
इश्क़ की शीरनी खाते हैं

इश्क़ के कातिब ने हमारी तक़दीर लिख दी...

मुझे इश्क़ के नाग ने काट लिया
जोगी! मुझे हीर का मंत्र सुना दे!

इश्क़ की काली कफ़नी पहन कर
रांझा पीरों का पीर हो गया...

इश्क़–न अक़्ल से मिला, न इल्म से
जहां अहंकार खो गया, वहां इश्क़ मिल गया...

मल्कुल मौत, इश्क़ की निशानी है...

हीर की तबीयत नासाज़ हुई–
मियां! कोई इश्क़ का तावीज़ दे दे!

आज की पंजाबी शायरी में

मैं फिर फिर से देखता हूं
इश्क़ का बीज पनपता हुआ...
अरे, योगी! तेरा योग इश्क़ की मनाही करता है
तो, मेरे कान लौटा दे– (जो छेद दिए)
और ले! अपनी

–पूरन सिंह

जहां भी चार लोग मिल कर बैठेंगे
मेरे इश्क़ की बात चलेगी...
(राधा और कृष्ण की बात)

–धनी राम चात्रिक

मानता हूं–कि इश्क़ गेहूं से जन्म लेता है
और हुस्न–गेहूं पर पलता है

–देविन्दर सत्यार्थी

मेरा इश्क़ तेरे पास अमानत था
तूने किसी और को दे दिया...

खुदा सब गुनाहगारों को बख़्श देता है
पर इश्क़ के चोर को नहीं...

इश्क़ को सुलाने में बरस लगते हैं
लेकिन जगाने में एक पल भी नहीं...

आ! कि आज तेरे सिर पर
इश्क़ का ताज रख दूं...

आ कि तेरे कंधों को
इश्क़ के पंख लगा दूं...

निम्न चेतना की गुफ़ा में
हुस्न और इश्क़ की लीला होने लगी

जब तक दुनिया रहेगी
तेरे हुस्न और मेरे इश्क़ की कहानी रहेगी

हुनर और इश्क़ के रास्ते अलग नहीं हैं

इश्क़ में पहली मंजिल आंसू बहाने की है
और दूसरी मंजिल आंसू छिपाने की

–मोहन सिंह

मैंने फिर से इश्क़ को सच समझ लिया...
इश्क़ असलियत नहीं–सिर्फ बदन की ज़रूरत...
क्या जुर्म के लावे से गुजरना इश्क़ का दस्तूर है?

इश्क़ की बात हमारा दिल पहचानता है
कुछ बोलना है, तो हमारे बराबर का बोलो!

जहां कोई पेड़ नहीं–ओट नहीं
कोई इश्क़ को कहां छिपाए...

इश्क़ चिनाव की लहर
तेरे क़दम चिह्नों पर चलती आएगी...

तू हुस्न है...
एक ही ऋतु तेरी गवाही देगी
मेरे इश्क़ को–किसी उम्र की मनाही नहीं

–हरभजन सिंह

इश्क़ की खूनी मिट्टी में
सपनों के बीज कौन बीजे!

दीया जलाओ
इश्क़ को हलाल को!

यह धरती, मेरे इश्क़ की गवाही देगी...

–शिव कुमार

यह इश्क़ हक़ीक़ी था, या मजाज़ी
लेकिन पूरन का मन भीग न सका
किसी मोह के लिए, या किसी सेज के लिए

–मोहन जीत

तेरी आंखों में जो नीली सी झील बहती है
अपने इश्क़ की कुछ कहानी कहती है...

–मनजीत टिवाणा

इश्क़ अगर विवाह की रस्म न भी बने
तो भी इसकी उम्र फूलों जितनी होती है...

शाह इनायत! मुझ पर से मेरा ख़ोल उतार दे
मुझे इश्क़ के आंगन में
थइया-थइया नाचना है

–पाल कौर

और कुछ पंक्तियां अपनी नज़्मों से

आज वारिस शाह से कहती हूं–
कहीं क़ब्र में से बोलो
और इश्क़ की किताब का
कोई नया वर्क़ खोलो।

आज सब कैदो हुए
हुस्न और इश्क़ के चोर
कहां से ढूंढ कर लाएं
वारिस शाह एक और

उस मज़हब के माथे पर से
यह ख़ून कौन धोएगा
जिसके आशिक़ हर गुनाह
मज़हब के माथे पर लगाते हैं
और ऐसा इश्क़ कमाते हैं
कि जिस राह से गुज़र जाएं
लोगों को दुख दर्द देते जाएं...

इश्क़ कभी तारीख़ को दोहराता नहीं
उसका हर सफ़ा बेमिसाल होता है...

तेरा इश्क़ संस्कारों का मोहताज बन कर रह गया...

यहां–हर इश्क़ शापित होता है

काहे का हुस्न, काहे को इश्क़
तू कैसी अभिसारिका
जो अपने महबूब को सुनती नहीं...

उम्र भर का इश्क़ बेआवाज़ है
हर मेरा नग़मा मेरी आवाज़ है...

कुकनूस दीपक राग को अब गाएगा
और इश्क़ की लपट पर जल जाएगा...

इश्क़ की टहनी पर मीठा फल किसने खाया है?

इश्क़ ने पूछा–बता री ज़िंदगी!
वक़्त कैसे गुज़रता रहा?
वह कहने लगी–
तेरे सपनों के हाथों को मेहंदी लगाती रही...

इश्क़ ने पूछा–बता री ज़िंदगी!
आखें किस तरह रोती रहीं?
वह कहने लगी–
तेरी स्याह ज़ुल्फ़ों में सितारे टांकती रही...

इश्क़ ने पूछा–बता री ज़िंदगी!
दिल की आग कैसे जलती रही?
वह कहने लगी–
मैं इस आग को आंचल में छिपाती रही...

इश्क़ ने पूछा–बता री ज़िंदगी!
बरस किस तरह गुज़रे?
वह कहने लगी–
मैं बदन पर कांटों का पैरहन पहनती रही...

इश्क़ ने पूछा–कुछ कह री ज़िंदगी!
ज़ख़्म कैसे लगते रहे?
वह कहने लगी–
जिगर के खून में शगुन की चुनरी रंगती रही...

इश्क़ ने पूछा–कुछ बता री ज़िंदगी!
गुज़र-बसर कैसे होती रही
वह कहने लगी–
तेरे शौक़ की सुराही से दुखों की दवा पीती रही

इश्क़ ने पूछा–कुछ बता री ज़िंदगी!
उम्र किस तरह कटी?
वह कहने लगी–
यह उम्र तेरे नाम पर कुर्बान कर दी...

इश्क़ तंदूर की तरह तपता है
जिस में हड्डियों का बालण सुलगता है

यह ख़ुदा का इश्क़
जिसमें शेख़ फ़रीद रंग गया...

इश्क़ की ख़ामोशी गली
जिसकी जिह्वा–एक वेदना है...

इश्क़ को जिसने इबादत बना लिया
ख़ुदा उनसे दूर नहीं रहा...

इश्क़ ने हमारे आंचल में...
आग की सौग़ात डाल दी

लोक-इश्क़ के जाम से
रिंद आंसू पीते हैं...

इश्क़ जिनकी ज़ात होती है
वे कांटों की सेज पर सोते हैं...

उम्र के इस काग़ज़ पर
तेरे इश्क़ ने अंगूठा लगा दिया
इसका हिसाब कौन चुकाएगा...

आंसू-इश्क़ के मोती हुए
तो आंखें, हंसों की तरह मोती खाने लगीं...

सब बंधन छूट गए–
इश्क़ का यात्री अकेला चल दिया...

इश्क़ अपनी ज़मीन की बुनियाद
आसमान में रखता है...

इश्क़ एक ज़हर का प्याला
हमने एक बूंद फिर से मांग लिया...

यह हुस्न की क्या शरअ है
और इश्क़ का क्या दस्तूर है–
कि मेरे इश्क़ का मोती–
तुम्हें नामंजूर हो गया...

फ़ख़्र अपने इश्क़ पर है
हुनर का दावा नहीं

इश्क़ की दहलीज़ पर
जब काई सजदा करेगा
तो दहलीज को
मेरा ज़माना याद आएगा...

हम इश्क़ की बात कैसे ख़त्म कर पाएंगे
रोज़–सितारे आकर यह बात सुनते हैं...

दुनिया की कालिख़ को–
हम उम्र भर रंगते रहे
और तेरे इश्क़ की एक किरन
रातों के गले मिलती रही...

यह फूलों की लाश है–कंधा दे दो
सामने पेड़ों की कई क़ब्रें हैं...
जिस तरह यह क़लम इश्क़ का बदन ढांपती रही
इस कफ़न का ज़िक्र सदा होता रहेगा...

यह मेरे इश्क़ के ज़ख़्म
तेरी याद ने कुछ सी दिए थे
आज यह टांके तोड़ कर...
वह धागा भी तुम्हें लौटा रही हूं...

कितनी दर्दनाक है–यह मेरे इश्क़ की किताब
कि तेरे इंतज़ार का मैंने...
एक पृष्ठ था, जो फाड़ दिया...

हुस्न और इश्क़ वालो!
उसे लौटा कर लाओ!
विश्वास का वह यात्री
जहां कहीं भी चल दिया...

मेरी हथेलियों पर...
इश्क़ की मेहंदी का कोई दावा नहीं
सिर्फ़ तेरे हिज्र का एक रंग है
और ख़ुशबू है–तेरे ज़िक्र की

इस वादी को क्या कहें?
जहां इश्क़ का पौधा खिलता है
मीलों तक विरह की खुशबू आती है...

तेरे इश्क़ का एक क़तरा इस में मिल गया था
इसलिए मैंने उम्र की–
सारी कड़वाहट पी ली...

बूंदें बरस गईं
हवा के कपड़े भीग गए–
दुनिया रखवाली करती रही
पर इश्क़ ने जाने कैसा बुलावा दिया
वे सब नदियां तैर गईं

क़लम ने आज गीतों का क़ाफ़िया तोड़ दिया
यह मेरा इश्क़ किस मुक़ाम पर आया है...

जाने किसने तीर चला दिया
इश्क़ का जंगल सहम गया है–
और कांपती सी यादों की मृगावली
जाने कहां गई...

नया साल कुछ इस तरह आया
कि इश्क़ की ज़ुबान पर जैसे
एक छाला पड़ गया हो...

इश्क़ का बदन ठिठुरने लगा
गीत का पैरहन कैसे सीऊं
कि क़लम की सूई टूट गई...

मेरा इश्क़ एक कुआं खोद रहा था
कि वर्ष पत्थरों की तरह टूटने लगे
पर पानी का कहीं पता नहीं मिलता

इश्क़ की शराब आज इस तरह लगती है
जैसे हर एक जाम की आखों में आंसू आ गए हों

तेरे इश्क़ के हाथ से छूट कर
यह उम्र की हंडिया टूट गई...

आज का गीत ऐसे हुआ
जैसे इश्क़ के बदन पर
अक्षरों का कुछ पसीना आ गया हो!

अगर आज मिल बैठे हैं
तो इश्क़ के सागर की कुछ बात करो,
उम्र की नाव की बात करो
और कुछ अपनी बात–मांझियों की

सपनों की भट्टी में–आग झोंकता
मेरा इश्क़ मजूरी करता है

मेरे इश्क़ का यह सफ़ेद घोड़ा
मैं कैसे मरवा दूं–
बस यह सलामत रहे
मेरा अश्वमेध यज्ञ अधूरा है
तो अधूरा रहे!

मेरी देह वह पुराना पेड़ है
इसकी खोह में–
इश्क़ का नाग बसता है...

काया की हक़ीक़त से लेकर
काया की आबरू तक–मैं थी
काया के हुस्न से लेकर
काया के इश्क़ तक–तुम थे...

अल्लाह! यह कौन आया है
कि मेरी ज़ात पर–
इश्क़ का इलज़ाम आया है...

योग की एक राह भी तुम हो!
इश्क़ की दरगाह भी तुम हो!

अगर इबादत को इश्क़ कहा जा सके
तो कह सकती हूं–
वह गुफ़ा मेरे इश्क़ की दरगाह थी...

इस जन्म में मैं वही सुंदरा हुई
और वही इश्क़ मेरी हयाती हुआ...

मैं सिर्फ़ इतना जानती
कि इस पार की छाती में
उस पार का इश्क़ धड़कता है...

रूह की मिट्टी पानी में गूंध कर
मैंने इश्क़ की दरगाह बांधी थी...

मैं अक्षरों को माथे से छुआती हूं
और पूरे आसमान पर
उसकी दरगाह देखती हूं
तो इश्क़ की शीरनी ले कर

दरगाह पर जाती हूं...

कल की प्रेम गाथाएं

सजदा

'मेरा दीन भी तू, ईमान भी तू' –मंज़िल पर पहुंच जाने वालों का दर्द और विसाल कभी अक्षरों में नहीं उतरता...

फिर भी–लोगों का दिल उन शायरों और किस्साकारों को सलाम कहता है, जो मोहब्बत की वारदातें, कुछ अक्षरों में उतार कर, लोगों के दामन भर देते हैं...

और दूसरी तरफ़, उन शायरों और क़िस्सानिगारों की अपनी दास्तान होती है, जो ख़ामोश उनके दिल में भी सुलगती रहती है, और उनके अक्षरों में भी...

क़िस्सानिगारों में–वारिस शाह के कलाम ने सब से बड़ा मरतबा पाया, और अपना दर्द, जो कभी उनकी ज़ुबान पर नहीं आया, वह लोगों में एक दंत-कथा बन गया...

पंजाब के ज़िला गुजरांवाला के एक क़स्बे जंडियाला शेर खां गाज़ी के वारिस शाह सैयद घराने के थे। कसूर में कुछ इल्म पाया, तो पाकपटण चले गए, ख्वाजा फरीदुद्दीन की दरगाह पर।

वहां फ़क़ीरी की मंज़िल हासिल की, और जब घर लौट रहे थे, रास्ते में एक छोटा-सा गांव आया–ज़ाहिद का ठट्टा। जहां वारिस ने एक हिंदू सुनारी सुंदरी को कुएं पर पानी भरते हुए देखा, तो कदम रुक गए।

उस सुंदरी का नाम भागभरी कहा जाता है। उसके दिल में भी एक चिनगारी सुलग गई, लेकिन जो कहा और सुना, कहीं-कहीं लिखा मिलता है, वह यह है कि वारिस शाह, अपने घर को लौटते हुए, लौट नहीं सके। वहीं गांव में एक छोटी-सी मस्जिद थी, जहां उनका क़याम हुआ। गांव के लोगों के साथ इतनी मेहरबानी का सलूक किया कि गांव वाले इतने बड़े आलिम, सैयद और दरवेश की अपने बीच में पाकर एक फ़ख्र महसूस करने लगे और एक जुलाहे के घर से रोज़ उनके लिए रोटी-सालन मिलने लगा...

और वारिस अपने दिल का दर्द हीर-रांझा की चलती आ रही दास्तान में डुबो कर, उसका क़िस्सा लिखने लगे। मस्जिद में एक कोठरी को अपना हुजरा बना लिया,

जहां बैठ कर हुजरे के झरोखे से बाहर से गुज़रती भागभरी को देखते रहते, और हुजरे में चिराग जला कर–हीर की मोहब्बत की दास्तान लिखते रहते...

जानते थे कि मुसलमान सैयद, और हिंदू सुनारी के मिलन की बात समाज का तख्त उलटा देने वाली थी। इसलिए जो खामोशी धारण कर ली, वही ख़ामोशी एक आग बन कर उनके अक्षरों को रोशन करने लगी...

अभी थोड़े से साल हुए, पाकिस्तान से एक अदीब आए थे, जिन्होंने बताया कि उस गांव की मस्जिद का वह हुजरा, जहां बैठ कर वारिस ने हीर का क़िस्सा लिखा, लोग वहां अपनी अक़ीदत पेश करते हैं। उस हुजरे के एक झरोखे से वह कुआं तक दिखाई देता है, जहां भागभरी पानी लेने के लिए आती थी, और अब उस कुएं का पानी लोगों के लिए मुतबर्रक बन गया है...

सूफ़ी शायर हाशिम के हर्फ़ों में–कामिल आशिक़ों का क़िस्सा लिखना भी ख़ुदा की बंदगी है...

यहां–मोहब्बत करने वालों को सजदा करते हुए प्राचीन काल की पांच गाथाएं दे रही हूं...

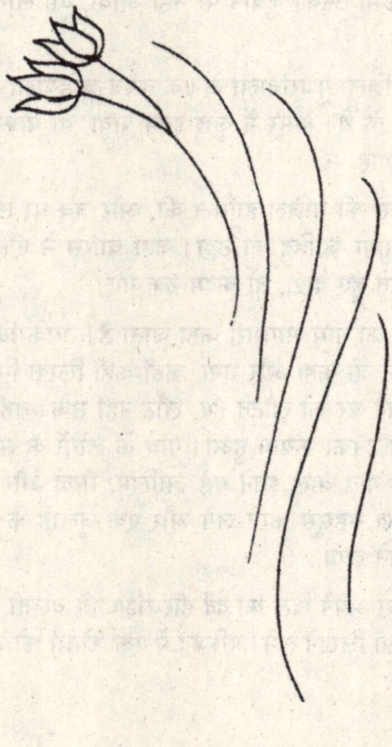

मां मलकी

हवेली की बाईं दीवार के पास उगे हुए बरगद की बहुत-सी छाया हवेली के आंगन में आ गई, तब मलकी ने उस छाया में बान की चारपाई बिछाई और गुंधे हुए मैदे का कटोरा भर कर चारपाई के पाए के पास पीढ़ी बिछा कर, सिवइयां बनाने लग गई...

सिवइयों से मुट्ठी भर जाती, तो उसे चारपाई की चादर पर फैला कर सूखने के लिए डाल देती, और दोनों हथेलियों में और आटा लेकर लेई बनाने लगती...

इतने में हवेली का दरवाजा खटका, तब उसी तरह हाथ में लोई को लिए हुए दरवाज़ा खोला, होठों से निकला–चौधरी आज जल्दी आ गए हो। अच्छा किया है...

और भीतर लौटते हुए सूत की एक चारपाई आंगन की छाया में बिछाई, चौधरी के बैठने के लिए। चूचक चौधरी ने चारपाई पर बैठते हुए और पेड़ की छाया में अलसाते हुए कहा–गुड़ का टुकड़ा डाल कर थोड़े से सत्तू घोल दे, आज गला सूख रहा है...

मलकी जल्दी से कांसे के कटोरे में सत्तू घोल कर ले आई, तब चौधरी ने कहा–आज काम वाली कोई नहीं है, जो खुद सिवइयां बना रही हो?

मलकी ने आहिस्ता से कहा–मन भारी हो रहा था...

चौधरी ने कुछ चिंता से पूछा–ख़ैर तो है? लड़की की कोई ख़बर आई है?

कोई ख़ैर-ख़बर नहीं। अपना ही बदन झूठा पड़ रहा था, सोचा मन को कहीं तो लगाऊं, इसलिए सिवइयां बटने बैठ गई...

मलकी कह रही थी, जिस समय चौधरी हंस सा दिया, कहने लगा–ला दिखा नब्ज़!

मलकी रुआंसी सी हो गई, बोली–अब क्या देखेगा नब्ज! नब्ज़ तब देखता जब लड़की जन्मी थी...

हीर-रांझा

पीढ़े की पट्टी पकड़ कर वह चौधरी की ओर देखने लगी, फिर बोली–यही महीना था, जेठ का, जब वह पैदा हुई थी, लोग देखें और कहें–यह तो कोई हूर पैदा हुई है...और इसी से सबने उसका नाम हीर रख दिया...

चौधरी ने हाथ के कटोरे से आख़िरी घूंट लिया और कहने लगा–हां दिन वार तो याद नहीं, पर महीना यही था जेठ का, और शायद आज उसका जन्म दिन ही हो, जो तुम्हें इस तरह याद आ रही है...कोई बंदा भेज दें रंगपुर, दो चार टोकरे मिठाइयों के देकर...

मलकी का ध्यान चौधरी की बात की ओर नहीं था, कहने लगी–शायद तुम्हें याद हो, छोटी सी होती थी, तो रात को चौंक कर उठ जाती थी, दीवारों की ओर देखती रहती, और जब मैं पूछती क्या हुआ जेठी? तुम्हें मालूम है–मैं कई बार उसे जेठी बुलाया करती थी। इसलिए भी कि वह जेठ के महीने में पैदा हुई थी, और इसलिए भी कि वह जेठी बेटी थी, पहलौठी की, दोनों लड़के तो बाद में हुए...

मलकी फिर दलीलों में डूब गई, तब चौधरी ने कहा–हां, मुझे याद है। तूने बताया था कि उसे सोई हुई की बांसुरी सुनाई देती थी, और वह उठकर हैरान सी देखती रहती थी कि बांसुरी की आवाज़ कहां से आई थी...

मलकी ने एक गहरी सांस ली और कहा–तभी तो कहती हूं कि मैं तब से दलीलों में पड़ी हुई हूं, जब से वह जन्मी थी...अच्छा तुम बताओ कि उसे बांसुरी की आवाज़ कहां से आती थी?

चौधरी चुप रहा तो मलकी बोली–मुझे तब से हौल पड़ गया था कि बांसुरी तो हमारी उस महलों वाली को सुनाई दिया करती थी...

चौधरी हंस सा दिया, कहने लगा–तुम बात करती हो मीरा की, जिसका नाम भी हमारी बेटी ने कभी नहीं सुना...

मलकी ने पल्लू से माथे का पसीना पोंछा, और कहने लगी–उसने तो नहीं सुना हुआ था, पर क़िस्मत ने तो सुना हुआ था...

चौधरी चूचक के होठों से निकला–किन वहमों में पड़ गई कुंदिए!

मलकी ने नज़र भर कर अपने मर्द की ओर देखा, और कहने लगी–देख ले! इन ज़मीनों और हवेलियों के लिए हमने धर्म तो बदल लिया, पर राजपूतों का जो ख़ून रगों में बहता है, वह नहीं बदला। तेरे होठों से कभी खुद ही मेरा वह नाम निकल जाता है, कुंदी, जो मेरा नाम हुआ करता था। मल्की तो मेरा नाम जबरन रखा गया...

चौधरी चूचक कितनी देर उस बरगद की ओर देखता रहा, जिसकी छाया में वह बैठा हुआ था। फिर कहने लगा–हमारा ही पूर्वज हुआ करता था राय सरजा, जिसने सियाल जाटों की झुग्गियां डाल कर यह इलाक़ा बसाया था। इसका नाम झुंग सियाल हुआ करता था, जो बाद में झंग सियाल हो गया। फिर हमलावर आए। धर्म तो बदलना पड़ा, पर सयालों का सारा झंग बचा लिया। नहीं तो इलाके का नाम पता कहीं नहीं रहना था...

मलकी चुपचाप सुनती रही, फिर बोली–हां मियां! क्या बच गया और क्या नहीं बच पाया, यह तो ऊपर वाला जाने, पर तुमने मेरी बात पर ध्यान नहीं दिया कि छोटी-सी लड़की को, सोई हुई को, बांसुरी कहां से सुनाई देती थी...

चूचक ने ज़रा परेशान-सा हो कर कहा–तुम कहना क्या चाहती हो?

मलकी ज़रा ताव खाकर बोली–मेरे माथे में तो उस समय ही क़िस्मत बोल उठी थी, जब धीदो रांझे को तुमने अपना कमेरा बनाया था, और वह जब बेले में बांसुरी बजाता था, तो लड़की दीवानी होकर बेले की ओर दौड़ जाती थी...शायद वही आवाज़ थी, जो वह सपनों में सुना करती थी...

चूचक ने हंस कर कहा–तुम किन वहमों में पड़ गई हो मलकिए! अब वह ससुराल में रहती है, इतने अमीरज़ादों के घर, वे इतने बाग़ों के मालिक हैं कि...

मलकी ने उसकी बात काट कर कहा–नेक बख़्त! तुम सारी उम्र ज़मीन और जायदाद ही गिनता रहा, यह भूल गया कि आप सबने उसको झूठा निकाह पढ़वा कर रोती-बिलखती को डोली में बिठा दिया...

–और क्या करता? कमेरे के साथ ब्याह देता? सारी दुनिया क्या कहती...?

चूचक कह रहा था, जिस समय मलकी ने ताव खा कर कहा–वह तो तख़्त हज़ारे का वली था, मुअज़ुद्दीन हज़ारे के हाकिम का बेटा। तेरी बेटी को देख कर कमेरा दीवाना हुआ था...मैं लाख मिन्नत करती रही कि अपनी आंत को अपने इन हाथों से न तोड़ कर भेज...

चूचक कहने लगा–पर कैदो ने वहां बात चलाई हुई थी, उनके घर से शगुन की मोहरें आ गई थीं, तो क्या करता? वापिस करता, तो रंगपुर वालों के साथ दुश्मनी पड़ जाती...

मलकी ने जैसे दामन झटक दिया, कहने लगी–दुश्मनी तो हमने अपने साथ डाल ली...

चूचक ने उतावला सा होकर कहा–मैं तुम्हारे साथ और ही बात करने आया

था, तुम और ही बात लेकर बैठ गईं। मैं तो तुमसे पूछने आया था कि अब तुम्हारे बेटों के रिश्ते आ रहे हैं, बड़े-बड़े घरों से, बताओ तुम्हारी क्या मर्ज़ी है?...

मलकी ने जैसे होठों में ही कहा–मेरी मर्ज़ी तब तो नहीं पूछी, जब रोती हुई लड़की मेरे गले के साथ लिपटी हुई थी...

–आज क्या हो गया है तुम्हें, इतनी उदास हो? चूचक ने पूछा, तो मलकी कहने लगी–अब मुझे सोई हुई को उस बेचारे की बांसुरी सुनाई देती है, जागती हूं–तो उसी को ढूंढती हूं...वह घड़ी नहीं भूलती, जब उस बेचारे ने मेरे पैर पकड़कर कहा था–'अपनी जन्म देने वाली तो मैंने देखी नहीं–पर तुम्हें मां कहा है, मां हमारी इज़्ज़त रख ले!'

–जाने दे अब बीती हुई को। अब जिस गांव नहीं जाना, उसका रास्ता क्या पूछना। दुआ कर कि लड़की अब सुखी रहे, और तू बहुओं के डोले घर में ला... चूचक ने दिलासा देने की तरह कहा, तब मलकी की छाती से जैसे एक लपट उठी, कहने लगी–तेरे जिस चुगलख़ोर भाई ने मेरी बेटी की डोली भेजी थी, उसी को कह–अब चाहे चमारिनों के डोले ले आए, मैंने कुछ नहीं कहना...

चूचक अपना सिर थाम कर चुप सा हो गया...

इतने में लगा किसी ने हवेली का दरवाज़ा खटखटाया है, चूचक नहीं उठा, तब मलकी ने ही उठ कर दरवाज़ा खोला, कोई अजनबी से दो आदमी थे–चौधरी का घर पूछ रहे थे...

मलकी उन्हें 'यही घर है' कहते हुए अंदर बरामदे में ले आई, तब चौधरी चारपाई से उठ कर बैठ गया। वे लोग कहने लगे–'आप चूचक चौधरी हैं? हीर आपकी बेटी का नाम है?'

चूचक का दिल धड़क उठा, कहने लगा–जी हां! क्या ख़बर लाए हैं?

वे लोग कहने लगे–'हम राजा अदली के कहने पर आए हैं चौधरी, जहां आपने बेटी ब्याही थी, वहां से कोई जोगी उसे निकाल लाया था, उसका नाम रांझा कहा जाता है। उनके पीछे भीड़ आ गई, तो उन्होंने राजा अदली के पास जाकर फ़रियाद की। राजा अदली ने रंगपुर वालों की भीड़ लौटा दी, और हीर को उसके मर्द रांझे को सौंप दिया है। अब राजा का हुक्म है कि हीर के मां-बाप अपने हाथों से उनका निकाह करें। जाओ, दो लोग जाकर खैरियत से अपनी बेटी को घर ले आओ!

चूचक परेशान सा उन लोगों की ओर देखता रहा, फिर होश आया तो कहने

लगा–अच्छा, मैं अपने बेटों को आपके साथ भेजता हूं। वे दोनों को बाइज़्ज़त ले आएंगे...

चूचक चौधरी उनके साथ हवेली से बाहर चला गया, और मलकी जहां खड़ी थी, पत्थर-सी हो कर खड़ी रह गई...

थोड़ी देर बाद जब चूचक वापिस आया, तो दीवार के साथ खड़ी मलकी के पास जाकर उसने मलकी को सीने के साथ लगा लिया, बोला–तुम सच में ही रुआंसी हो रही हो। यह क्या हो गया है मलकी!

चूचक ने पत्थर-सी हुई मलकी को चारपाई पर बिठाया, फिर पानी का घूंट उसके होठों में डालते हुए कहने लगा–बता, अब क्या करें?

मलकी जब होश में आई, कहने लगी–ये, जिन्हें तक़दीर की कोई आवाज़ सुनाई देती है, वे महलों में नहीं बसतीं...

सूरज ने रात को जाते हुए देखा, और दूसरी सुबह आकर भी देखा, मलकी हाथ जोड़कर चूचक को कह रही थी–मुझे किसी और का डर नहीं है, पर तुम्हारे भाई का लगता है। चौधरी–अब तो अपनी लगाम अपने हाथ में ले ले...

और कहते-सुनते दिलासों के साथ जब संध्या ढली, तो मलकी के दोनों बेटों ने अपनी बहन के साथ दहलीज़ में कदम रखा...

रोती हुई मलकी ने दौड़ कर बेटी को गले से लगा लिया। पूछने लगी–वह कहां है? हीर के दोनों भाइयों ने बताया कि जिस तरह अब्बू ने कहा था, हमने उसी तरह किया है। रांझे को तख़्तहज़ारे भेज कर आए हैं कि वह भाइयों के साथ बारात ले आए, और हीर को ले जाए।

यह पहला दिन था, जब मलकी ने अपने मर्द के पैर छुए...

गांव में धूम सी मच गई। हीर की सहेलियां दौड़ती हुई आईं और उसके मुंह में मिश्री डालने लगीं...

कैदो भी ख़बर सुनकर आया, तो मलकी का कलेजा धक सा रह गया। उस समय मलकी ने उठकर कैदो के कंधे पर हाथ रखा, कहा–भाई तो तू उसका लगता है, पर मैं भी तुम्हें धर्म का भाई मानूंगी, अब लड़की को कोई अच्छी-बुरी न कहना।

कैदो ने हाथ जोड़ कर कहा–नहीं भाभी, वह जैसी तेरी बेटी, वैसी मेरी। अब मुझे लड़की के सिर पर प्यार देने दे।

हवेली में काज रचाया गया। हीर की सहेलियों ने केसर का उबटन मल-मल कर हीर को नहलाया। दर्ज़ी और सुनार अपने कामों में लग गए। बाहर वाले दलान में भट्ठी लगाई गई, और मट्ठियों-मिठाइयों के थाल भर-भर कर अंदर रखे जाने लगे...

तीन दिनों के बाद जब दरिया की ओर से किश्तियों से शहनाई की आवाज़ आने लगी, तो गांव की जो सराय बारात के ठहराने के लिए रगड़-रगड़ कर धोई गई थी, वहां चहल-पहल होने लग गई...

बारात का उतारा हुआ। हलवाइयों ने पकवान परोसे। जब पकवानों की पहली थाली रांझे के भाइयों ने लड़की के लिए भेजी, उस समय चाचा कैदो ने थाली का रूमाल उठा कर शगुन की एक मोहर अपनी ओर से भी थाली में रखी...

सहेलियों के झुंड में बैठी हीर के सामने ससुराल की पहली थाली आई, तो चार कौर खाते ही हीर के होंठ नीले पड़ गए। हाथ से कौर छूट गया, और वह एक चीख़ मारकर ऐसी गिरी कि फिर होश में नहीं आई। हकीम बुलवाया गया, और वह नब्ज़ ढूंढते हुए कहने लगा–अब नब्ज़ कहीं नहीं मिल रही...

खबर बारात-घर में भी पहुंची, तो रांझा हीर की हवेली की ओर दौड़ा। किसी की हिम्मत नहीं थी उसे रोकने की। उसके सिर पर बंधा हुआ फूलों का सेहरा पंखुड़ी-पंखुड़ी होकर सारे रास्ते पर बिछ गया...

रोटी वाली थाली अभी भी हीर की लाश के पास पड़ी हुई थीं। रांझे ने जल्दी से पांच-सात निवाले खा लिए, और तड़प कर उसने अपना सिर मरी हुई हीर की छाती पर रख दिया...

भीड़ में से किसी ने मलकी का कंधा झकझोर दिया, जो देखते-देखते पत्थर-सी हो गई थी। चूचक भी उसके पास आया–रोकर बोला–ओ मलकी! मेरे भाई ने क़हर कमाया... मैं कहीं का नहीं रहा...मेरी हूरों जैसी बेटी... मैं उसकी डोली अब कहां भेजूं? मलकी न सुध में थी, न बेसुध थी–कहने लगी–हूरों की पालकी फ़रिश्तों के घर जाती हैं...यह देख...फरिश्ता आ गया है, मेरी हूर को ब्याहने के लिए, और आगे बढ़ कर वह कभी मर चुकी हीर का माथा चूमती, कभी मर चुके रांझे का...

कला और नारद

मर्द बहुत दिनों के बाद घर लौटा था, घर के दरवाजे के पास उगे हुए आम के पेड़ की एक शाखा ने घर की दीवार को जैसे अपने में ले लिया हुआ था और उसके पत्ते जैसे उसकी बाट जोह रहे हों। थके हुए मर्द को एक सुख का अहसास हुआ और जब वह आगे होकर दरवाजे को खटखटाने लगा, तो देखा, उसकी औरत ने आहिस्ता से भीतर की सांकल खोल दी थी और हंसते हुए उसकी ओर देख रही थी...

मर्द हंस दिया–लगता है, तुम्हें इल्हाम हो गया था, मेरे आने का।

औरत कहने लगी–हवा से पूछती रहती थी न! अभी उसी ने मेरे कानों में कह दिया।

मर्द ने भीतर आंगन में होकर अपनी औरत को बाहों में ले लिया...

औरत ने लिपे हुए आंगन में तुलसी के पौधे के पास सुतली की खाट बिछा दी, मर्द के बैठने के लिए...

मर्द ने नज़र भर कर औरत की तरफ़ देखा औरत ने हरे रंग की धोती पहनी हुई थी सुर्ख कन्नी वाली। आंखों में काजल की मोटी-मोटी धारी थी और कानों में एक-एक सफ़ेद फूल का बुन्दा-सा। मर्द देखता रह गया।

औरत हंस दी और मर्द के कंधे पर हाथ रखते हुए बोली–क्या देख रहे हो?

वह औरत के खुले बालों की एक लट को अपनी उंगली पर लपेटता हुआ कहने लगा–जब भी नज़र भर कर देखता हूं, तुझे झेलना मुश्किल हो जाता है...

औरत ने अपने गीले बालों को ज़रा सा झटक दिया और कहने लगी–अभी-अभी गाय का दूध दोह कर रखा है, एक कटोरा दूध ले लो, फिर बातें करना।

औरत ने चौके में जाकर कटोरे में दूध उंडेला और उसमें शक्कर मिलाते हुए

मिर्ज़ा-साहिबां

बाहर आंगन में आई और कटोरा मर्द के हाथों में देते हुए कहने लगी–अब बताओ कहां-कहां से होकर आए हो।

मर्द ने एक ही सांस में कटोरा ख़ाली कर दिया और कहने लगा–तेरे और मेरे नाम को हर जगह लोगों ने कलंकित कर दिया। मैं अपना इकतारा लेकर अपनी मौज में रहता हूं और लोग मुझे चुग़ली खाने वाला नारद कहते हैं।

औरत खाट के पाए के पास उँचा मोढ़ा रख कर बैठ गई और कहने लगी–मैं भी कभी-कभी सोचती हूं कि यह बन्दा आखिर क्या होता है? मैं तो कला थी, जीने की कला, और बन्दों ने मेरा नाम रख दिया–कलह। कलह तो उनके अपने मनों में होती है, उनके अपने घरों में। क्या भाईचारे में और क्या सरकार-दरबार में चुगली भी वो खुद करते हैं और ख़ुद ही झगड़े-लड़ाइयां, पर कहने को कहते हैं कि नारद चुगली लगाता है और कलह लड़ाई करवाती है... इस बंदे की ज़ात जाने कैसी है, ख़ुद करता है, और दूसरों के कंधे पर डाल देता है।

मर्द हंस सा दिया कहने लगा–तू जानती है, बन्दा धरती पर कैसे आया था?

औरत कहने लगी–सुना तो यही कि अदन के बाग़ से निकाला गया था और उसकी हव्वा भी, फिर वो धरती पर आ गए...

मर्द कहने लगा–बन्दे को अगर कोई बात आती है, तो कहानियां गढ़ने की बात आती है। मकड़ी की तरह बहुत जाले बुनता है...बन्दा उस पौधे को कहते हैं, जो ख़ुद ही किसी पेड़ से अलग सा उग आता है। पीपल में से उग आए, तो पीपल का बन्दा होता है, बड़ में से उग आए, तो बड़ का बन्दा होता है, कीकर में से उग आए, तो कीकर का बन्दा...

औरत कहने लगी–लेकिन ये बन्दा कौन से पेड़ का रस पीकर पैदा हो गया?

मर्द ने कहा– है तो प्रकृति का रस ही, लेकिन जैसे प्रकृति कई तरह की होती है, बन्दा भी कई तरह का होता है...लेकिन किसी-किसी की ख़ुदा जाने कैसी सूरत देता है, इलाही सूरत, जिसकी आवाज़ अंगूरों के रस सी होती है...

औरत कहने लगी–हां, वो भी होते हैं, लेकिन कई तो आक और नीम से कड़वे होते हैं...चलो छोड़ो! ये झगड़े तो ख़ुदा भी न निपटा पाया, हम कैसे निपटाएंगे ...किसी राह-बस्ती की अच्छी सी बात सुनाओ।

मर्द कहने लगा–अभी जिस राह से गुज़र कर आ रहा हूं, उसने सब अच्छी बातें भुला दीं, आज मेरा मन जाने कैसा हो रहा है...

औरत ने अपने हाथ मर्द के घुटनों पर रख दिए और कुछ पूछती सी आंखों से मर्द की ओर देखने लगी...

मर्द कहने लगा– मैं और तुम जो कभी उस राह से भी नहीं गुज़रे थे, वहां भी लोग कह रहे थे कि नारद ने चुग़ली लगाई थी दूसरे गांव में जाकर, और फिर कलह आ गई, जिसने लोगों के हाथों में तलवारें पकड़ा दीं किसी को मारने-काटने के लिए...

औरत ने सिर थाम लिया फिर कहने लगी–सोचती हूं, हम दोनों अपना नाम बदल लें, मैं कला थी, तू नारद, हम फिर से आदि सूरत में हो जाएं–तू पुरुष मैं प्रकृति...

मर्द हंस दिया–वो तो हम पहले भी हैं, लेकिन जो नाम लोगों के होठों पर आ गए, वो तो आते रहेंगे। देख इन्द्र को न उन्होंने कभी देखा, न जाना, बस, कहते हैं और कहे जाते हैं कि इन्द्र गौतम की पत्नी अहल्या की सेज पर चला गया था। चांद का भी लोगों को कुछ पता नहीं है। बस, कहे जाते हैं कि उसने बृहस्पति की पत्नी तारा चुरा ली थी...वो तो ब्रह्मा को भी नहीं छोड़ते, कहते हैं, वो अपनी बेटी पर ही मुग्ध हो गया था और उसके पकड़ने के लिए भागने लगा...

औरत हंसने लगी–फिर तुम बताओ इसे बन्दे की ज़ात का क्या करें?

मर्द कहने लगा–अरी, बन्दे की ज़ात तो कभी बदलेगी नहीं, लेकिन दुख तब होता है, जब प्यार और मोहब्बत वालों को वो मार-काट कर रख देता है। अल्लाह के नाम पर जीने वालों को वो जीने नहीं देता...

औरत ने कहा–तुम्हारा मन बहुत भरा हुआ है, और कहां से होकर आ रहे हो, क्या देख कर आ रहे हो?

मर्द कहने लगा–मैं सियालों की झंगियों से गुजर रहा था कि एक हुजरे पर निगाह पड़ गई। पता चला–शाहमंही शाहमकीम का हुजरा है। वह एक साईं हुआ था। मैं उसके हुजरे पर चला गया, अपनी अक़ीदत पेश करने के लिए। वहां कोई फ़क़ीर बैठा हुआ था, ख़ुदा का बन्दा, वह आसमान की ओर हाथ उठा कर रोए जा रहा था, और अल्लाह! अल्लाह! कहे जा रहा था... मैं उसके पास बैठ गया। कुछ पूछा नहीं, अपना इकतारा बजाने लगा। कुछ देर के बाद फ़क़ीर ने आंखें पोंछी और कहने लगा–तू कोई अल्लाह का बन्दा लगता है, यहां क्या लेने आया है? यह तो एक शापित बस्ती है, यहां कहर गुज़रते हैं...

मैंने कहा–फ़क़ीर मियां, तू भी तो यहां बैठा है, शाहमकीम भी तो कभी यहां हुआ था, फिर ये बस्ती शापित कैसे हुई?

फ़कीर ने उठकर मटके से कुछ पानी उंडेला। एक कटोरा मुझे भी पिलाया और खुद भी दो घूंट पीकर कहने लगा–अभी थोड़े दिन हुए, इसी गांव से एक भीड़ उठी थी और उसने ख़ुदा के दो प्यारे इन्सानों को मार-काट कर रख दिया। मैं उस समय जंगल में ही था, जहां एक जंड के पास यह घटना हुई। भीड़ जब पीछे लौट गई तो मैंने ही दूसरे गांव से दो चादरें ला कर उन पर डालीं जो जंड के पास कटे हुए पड़े थे। फिर रात के अंधेरे में चार लोग दूसरे गांव से लाकर वहीं उनकी क़ब्रें बना कर उन्हें दफ़नाया। एक क़ब्र में उन दोनों को रखा और दूसरी क़ब्र में उनकी मरी हुई घोड़ी को...

मर्द ने यह कहते-कहते आंखें पोंछी। वो फ़क़ीर साईं तो वन के पीर जैसा था, मैंने उससे पूछा–वो कौन थे साईं?

उसने कहा–बस दो सुन्दर मूर्तियां थीं, जैसे खुदा ने अपने हाथों से गढ़ी हों। एक का नाम साहिबां था, बिल्कुल परी ज़ाद थी। और मर्द का नाम मिर्ज़ ख़ान था...

फ़कीर साईं ने व्याकुल होकर कहा–साहिबां इसी गांव की थी, खीव खान सियाल की बेटी। यही शाहमकीम के हुजरे पर आया करती थी, पीर को सजदा करने के लिए। मैंने उसे कई बार देखा था, आती तो लगता जैसे बहिश्त की हवा इधर से गुज़री हो...

मैंने पूछा–और वो मर्द कौन था?

फ़कीर ने कहा–उसी की बुआ का बेटा, यहीं ननिहाल में रहकर उसके साथ पढ़ता था। दोनों इसी मिट्टी में खेलते जवान हुए थे, लेकिन जब दोनों ने मोहब्बत का हर्फ़ पढ़ लिया, तो खीवे खान ने मिर्ज़ा को उसके गांव भेज दिया, दानाबाद को। घर तो वो भी अच्छा था, वो खरल क़बीले के सरदार बिजलख़ान का बेटा था वो मिर्ज़ा ख़ान, लेकिन साहिबां के भाइयों को वो मंजूर नहीं था। उन्होंने ज़बरदस्ती साहिबां को ब्याह देना चाहा किसी और जगह। लड़की ने ख़बर भिजवा दी अपने मिर्ज़ा खान को और वह अपनी घोड़ी पर आकर साहिबां को ले गया...जब बाप को और भाइयों को खबर लगी, तो उनके पीछे चल दिए दोनों को मार देने के लिए...

और ये कहते-कहते वो फ़कीर साईं तड़प सा गया।

मैं भी कितनी देर रोता रहा और वह फ़कीर साईं भी रोता रहा, फिर करने लगा–सुना था कि मिर्ज़ा के तीर बड़े निशाने पर पड़ते हैं। उसे यक़ीन था कि वह अपने तीरों के ज़ोर से पीछा करने वालों को लौटा देगा, और जिस जंड की ओट में होकर वह तीर चलाता रहा, भीड़ ने दूसरी ओर से आकर जंड को घेरे में ले

लिया और दोनों को मार दिया...अपने मरे मुर्दे तो वे उठाकर ले गए, लेकिन वो दोनों लाशें वहीं छोड़ गए–कव्वों गिद्धों के लिए...

मर्द ने कहा– मैंने फ़कीर साईं के पैर छुए, जिसने उन दोनों को क़ब्र दी थी, और अब भी दिन के समय शाहमक़ीम के हुजरे पर बैठा रहता है, और रात को काले अंधेरे में दोनों की क़ब्र को सजदा करने के लिए जंगल में जाता है...कल रात मैं भी उसके साथ गया था, मिर्ज़ा और साहिबां को अपनी अक़ीदत पेश करने के लिए।

औरत अपनी धोती के पल्लू से आंखें पोंछती रही, फिर कहने लगी–लोग भले ही कहते रहें, हम कला और नारद हैं, पर हैं तो पुरुष और प्रकृति। चलो, मैं भी तुम्हारे साथ चलती हूं। हम दोनों आज रात उनकी कब्र पर सजदा करेंगे।

अमानत

रात की छाती में जैसे हौल पड़ते हों, तुल्ला घबरा कर जाग गया और बोला–बरकत, अरी बरकत!

उसकी बीवी साथ की खाट पर सोई पड़ी थी, पर जिसकी आंखों में से नींद खो गई थी, और वो एकटक रात के अंधेरे को देख रही थी...

तुल्ले की आवाज से बरकत के बदन में एक कंपन-सा उतर गया, फिर भी मन को बस में करते हुए उठी, और तुल्ले की खाट की बाहीं पर बैठ कर कहने लगी–क्या हुआ? साथ ही उसने तुल्ले का हाथ पकड़ा जो कांप-सा रहा था...

तुल्ला कहने लगा–कुछ बुरा होने वाला है, बहुत ही बुरा...

बरकत बोली–कोई सपना देखा है?

तुल्ला घबरा कर खाट से उठा, कहने लगा–हां, लेकिन उसकी टांगें लड़खड़ा रही थीं, उसे लगा वह गिर जाएगा...

बरकत ने उसका हाथ थाम कर उसे खाट पर बिठा दिया। पूछने लगी–उठकर कहां जाना है?

तुल्ले ने कहा–पता नहीं।

बरकत फिर से मन को थामती कहने लगी–तुम्हें क्या होता जा रहा है? जब से लड़की ससुराल गई है, तू जैसे बावरा-सा हो रहा है...

तुल्ले ने कांपती सी आवाज में कहा–क्या तू पागल सी नहीं हो रही? सच बता?

बरकत ने गहरी सांस ली, कहने लगी–हां, पता नहीं मुझे क्या होता जा रहा है, सोती हूं तो छाती में हौल पड़ते हैं, जागती हूं, तो हाथों से बर्तन भी छूट छूट जाते हैं... पर अभी तुम्हें कोई सपना आया है?

तुल्ला गिरती सी आवाज में कहने लगा–कुछ होने वाला है बरकते! हम कहीं के नहीं रहेंगे।

सोहणी-महिवाल

बरकत कहने लगी–हम तो सचमुच कहीं के नहीं रहे...जब से गांव वालों ने हमारी रोज़ी पर लात मार दी...और दूसरे गांव वाले, जहां से हम चिकनी मिट्टी लाते थे, अब हमारा रास्ता बन्द कर दिया है...अब कंकरीली मिट्टी से बर्तन कैसे बनाएं!

तुल्ले के सारे बदन का लहू गर्म हो गया, बोला–हम किसी के घर से खाने जाते थे, जो सभी हमें हुक्म देने लगे? अपनी मिट्टी लाते थे, गूंथते थे। अपने चक्के पर चढ़ाते थे और अपने हाथों से बर्तन गढ़ते थे।

बरकत की आंखें भर आईं बोली–अरे, ये दुनिया वाले एक घड़ी तारीफ़ों के पुल बांधते हैं, और दूसरी घड़ी ऐसी निन्दा करते हैं कि उनका मुंह नहीं सूखता...ये अपने गांव वाले ही तो थे, जिन्होंने बेगाने गांव वालों के कान भर दिए–जी तुल्ले कुम्हार को अब आपने अपने गांव की मिट्टी नहीं देनी...

तुल्ला बोला–वो हमारी बेटी थी, उनकी क्या लगती थी, जो उसकी राह रोक कर बैठ गए? उसके साथ अच्छी होती, बुरी होती, हम खुद ही झेल लेते, ममता तो हमारी थी...

बरकत की आवाज़ डूबने लगी, हिचकियां लेती बोली–वो इज़्ज़त बेग तो शहज़ादा था, ऐसा बेटा तो यहां किसी मां ने नहीं जना। परदेसी था, तो क्या हुआ, कहता था–यहीं बस जाऊंगा, आपके गांव में, बस, मुझे सोहणी दे दीजिए...

तुल्ले की आवाज़ टूटने लगी कहने लगा–मैंने भी तो उसकी क़द्र नहीं की थी, वह तो सोने की मोहरें देता रहा...लेकिन मैं इससे गाय-भैंस चरवाता रहा, मिट्टी भी गुंधवाता रहा...

बरकत कुछ देर ख़ामोश रही, फिर बोली–इन्सान क्या करे? झूठी इज़्ज़त को बचाता-बचाता अपनी उम्र खो देता है... मैं भी तो बेटी को यही कहती रही कि हमारी लाज रख ले, इस परदेसी को छोड़ दे...

तुल्ला बोला–और मच्छी की तरह तड़पती बेटी हमने गंवारों के हाथ दे दी, जहां भी गांव वालों ने कहा। गांव वाले तो खुश हो गए, लेकिन लड़की जीते जी मरी सी हो गई...

बरकत इतनी आहिस्ता से बोली, जैसे दीवारों के भी कान हों, और वह दीवारों से भी डरती हो, तुल्ले के कान में कहने लगी–जाने लोग सच कहते है कि झूठ कि इज़्ज़त बेग अपने देश को लौट कर नहीं गया। गांव में तो नहीं रहता, पर कहते हैं, उसने दरिया के पार एक झोंपड़ी डाली है, और फ़क़ीरों की तरह बुरे हाल में रहता है...

तुल्ला कहने लगा–सुना तो मैंने भी है, पर तेरे से बात नहीं की थी कि तू फ़िक्र करेगी, और तुल्ला जल्दी से बोला–मुझे एक बात बता! हमारे घर जब औलाद नहीं थी, तो तू जगह-जगह मन्नत मांगती फिरती थी, बता किस-किस जगह गई थी मुराद मांगने?

बरकत कहने लगी–तू ही तो कहता था कि तू आई तो घर में बरकत आ गई, इसी से तो तू मुझे बरकत बुलाने लगा...बस यही बात मेरे दिल को लग गई कि मैं कैसी बरकत हूं...सिर्फ़ रोटी-सालन की? मैंने तो एक भी बालक जन कर तुम्हें नहीं दिया...इसलिए जगह-जगह जाती थी, जहां भी कोई कहता कि एक फ़क़ीर की दरगाह है, किसी अल्लाह वाले की दरगाह, मैं वहीं चली जाती...जाने कितनी दरगाहों पर गई, अब तो गिन भी नहीं सकती...फिर चांद-सी बेटी पैदा हो गई, तो मैं सारे दुख भूल गई...

तुल्ला ख़ामोश रहा, कुछ सोचता रहा, फिर कहने लगा–मुझे अभी सपना आया कि मेरे सामने एक इलाही आदमी खड़ा है, उसके गले में सफ़ेद चोगा था, कंधों से लेकर पैरों तक। बुज़ुर्ग दिखता था, लेकिन उसके चेहरे पर इतना नूर था कि मैं देखता रह गया...उसके कानों तक सफ़ेद बालों का झुंड सा था, और आंखें इस तरह थीं, जैसे सितारे चमक रहे हों...मैं उसके सामने सजदे में झुक गया...

बरकत घबराई सी बोली–फिर?

तुल्ला कहने लगा–उसने एक ही बात कही कि मैंने तुम्हें एक अमानत दी थी, तुम लोगों ने सम्हाल कर नहीं रखी, मैं वो अमानत वापस लेने आया हूं...

–अरे, मैं मर गई...बरकत की आवाज कांप गई।

तुल्ला कहने लगा–मैं पूछने लगा था कि कौन-सी अमानत? पर इतने में वह अलोप हो गया, सिर्फ़ उसकी आवाज़ आई–मैं तुम्हारा ख़िज़्र हूं...

बरकत तुल्ले के घुटनों पर गिर सी गई। तुल्ले ने उसे अपनी बांह का सहारा दिया, पूछने लगा–तुम्हें बात की कुछ समझ आई है?

हां! कहती हुई बरकत रोने लगी और रोते-रोते कहने लगी–मैं जब मुराद मांगने जाती थी, तो किसी ने कहा था औरत बांझन हो, तो सूखी लकड़ी सी हो जाती है, सूखे हुए पेड़ जैसी, जिसे फूल पत्ते नहीं पकते...जा, जाकर ख्वाजा ख़िज़्र से पानी मांग तेरी कोख़ हरी हो जाएगी...

तुल्ले ने घबरा कर पूछा–तू ख्वाजा खिज़्र से औलाद मांगने गई थी? तो बरकत कहने लगी–हां, शीरनी का थाल लेकर जाती थी, पूरे चांद की रात...किसी ने कहा, सात बार मांगने जाना।

फिर? तुल्ला और घबरा गया...

बरकत ने कहा–फिर अभी तीन बार मंगत मांगी थी कि सोहणी कोख में आ गई...

तुल्ला अधमरा सा खाट पर गिर गया।

बरकत पैरों के भार से खाट की पट्टी को पकड़ कर ज़मीन पर बैठ गई।

तुल्ला तड़पती सी आवाज में बोला–अल्लाह से दुआ मांग, हमारी बेटी ज़िन्दा रहे...बरकत की आवाज़ विलापी हो गई–नहीं रे, हमारी बेटी तो ख़िज़र की अमानत थी, वो आ गया अमानत लेने के लिए।

रात का अंधेरा और गहरा हो गया, और अभी पौ नहीं फटी थी कि तुल्ले के एक दोस्त अत्ते ने घर के दरवाज़े को ज़ोर-ज़ोर से खटखटाया, बोला, जागो रे निकम्मो! क़हर हो गया...

तुल्ला गिरता सा बाहर के दरवाज़े तक पहुंचा और चिटखनी खोली ही थी कि अत्ता उसके सीने से लग कर रोने लगा–अरे, हमारी सोनी डूब गई...भरे दरिया में डूब गई...

बरकत भी कांपती सी दरवाज़े के पास आई, पर उसकी आवाज़ जैसे खो गई थी...

अत्ता बोल रहा था–मिर्ज़े ने दरिया के दूसरे किनारे पर बसेरा कर लिया था...और सोनी रात को पक्का घड़ा लेकर घड़े पर तैरती उसके पास जाती थी...और आज रात किसी ने किनारे की झाड़ियों में रखा उसका पक्का घड़ा उठा लिया और वहां कच्चा रख दिया...दरिया में वह कच्चा घड़ा टूट गया...हमारी सोनी को भी साथ ले गया।

अत्ते ने तुल्ले को बाहों में थाम लिया और गिरते जाते को वहीं ज़मीन पर बिठा दिया...

बरकते को होश नहीं था कि हाथ से जिस दीवार को उसने सहारा लिया हुआ था, कब उससे हाथ छिटक गया और वह वहीं दरवाज़े की दहलीज़ के पास गिर गई...अत्ते ने सहारा देकर उसे दीवार के साथ बैठा दिया और कहने लगा–बहुत लोग खड़े हैं दरिया के किनारे...और वह मिर्ज़ा, जिसे यहां रोने वाला भी कोई नहीं, डूबती हुई सोहणी को देखकर दरिया में उतर गया...उसके साथ ही डूब गया।

तुल्ले का विलाप दीवारें चीर गया–मैं तो दुनिया को पक्के घड़े देता रहा... और दुनिया ने मेरी बेटी को कच्चा देकर डुबो दिया...

बरकत की बिलखती सी आवाज़ आई–अरे, हम फटी झोलियों वाले अमानत कहां रखते...वो ले गया अमानतों वाला...

अत्ते ने कई बार पूछा–भाभी कौन सी अमानत थी? किसकी थी? लेकिन बरकत की आवाज़ उसकी छाती में डूब गई...

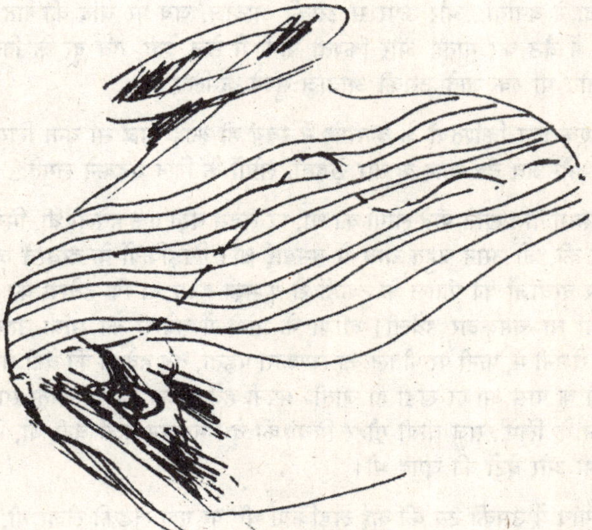

राज बीबी और नामदार

घरजाख नाम का एक गांव। एकदम दरिया के किनारे पर बसा हुआ था। बहुत से मज़दूरों और कारीगरों की वहां बस्ती थी, जिनकी बनाई किश्तियों को दूर-दूर के लोग खरीदने आया करते थे, और दूर-दूर तक यह बात लोगों के मन में बसी हुई थी कि घरजाख की किश्ती, तूफ़ान में भी नहीं डूबती।

उन किश्तियों को बनाने वालों में एक बहुत बड़ा नामवर घर था–मियां इलियास का, जिसके तीन जवान बेटों में से छोटा नामदार था, जिसे लोग हंस कर यूसुफ़ कहा करते थे, और कहा करते थे–किश्ती तो नामदार ने बनाई, पर नामदार को खुदा ने बनाया...और ऊपर से उसकी आवाज़, जब पूरे चांद की रात में, वह किश्ती में बैठ कर गाता, और किश्ती पानी में ठेल देता, तब दूर के किनारे पर जाते लोग भी रुक जाते–उसकी आवाज़ सुनने के लिए...

एक दिन किश्तियों के कारीगर ने स्वयं ही कोई साज़ सा बना लिया, तारों वाला, और जब वह साज़ के तार छेड़ता, लोगों के दिल धड़कने लगते...

सारा गांव खाते-पीते लोगों का था, पर सबसे बड़ी एक हवेली थी, मियां गौहर जंझौहा की, जो उसने बहुत चाव से बनवाई थी। खिड़कियों के दरवाज़े जालीदार थे, और दरवाज़ों को पीतल के टुकड़ों से यूं मढ़ा हुआ था कि हवेली का नाम ही पड़ गया था–चमकदार हवेली। दरिया के पानी में हवेली का साया उतरता, तो हलकी रोशनी में, पानी पर पीतल का लश्कारा पड़ता, तब हवेली की बेटी राज बीबी खिड़की के पास आकर खड़ी हो जाती–अपनी हवेली का झिलमिलाता साया नदी में देखने के लिए...राज बीबी गौहर मियां की दूध-मक्खन पली बेटी थी, बेटी की जगह भी और बेटों की जगह भी।

गांव में उसकी उम्र की कई लड़कियां थीं, पर एक लड़की लैला थी, जिसके साथ राज बीबी का निवाला साझा था। गांव का जो आलिम फ़ाज़िल बुज़ुर्ग राज बीबी को फ़ारसी का इल्म देने आता था, लैला ने भी अपने पिता नज़ीर को मना लिया कि वह रोज़ राज बीबी की हवेली में जाकर उसके साथ पढ़ेगी, और नज़ीर

राजबीबी-नामदार

ने जब हवेली वाले गौहर मियां से इसकी इजाज़त मांगी, तब गौहर मियां ने खुशी से इजाज़त दे दी। उलटे उसके मन से एक चिंता उतर गई कि घर में लड़की की मां नहीं थी, और लड़की के पढ़ने के लिए अकेले बैठना होता था, जो ठीक नहीं था। अब उसे हौसला हो गया कि लैला भी उसके साथ बैठी होगी...

इस तरह राज बीबी की लैला के साथ रोटी तो साझा थी, अब किताब भी साझा हो गई।

ये दिन थे, जब राज बीबी हवा प्याजी दुपट्टा सिर पर ओढ़ती, तो उसके चेहरे का रंग हवा प्याज़ी होने लग जाता। एकमात्र लैला थी, जिसने अल्लाह का यह रंग देखा और उसकी थाह लेने के लिए, एक दिन राज बीबी से पूछने लगी–तुम आने-बहाने से दरिया की ओर खुलती खिड़की के पास जाकर खड़ी हो जाती हो, क्या तुमने कभी किनारे पर बैठ कर किश्ती बनाते हुए नामदार को देखा है?

राज बीबी का दिल तेजी से धड़क उठा, बात को टालते हुए कहने लगी–मुझे क्या मालूम नामदार कौन है?

लैला हंस दी, कहने लगी–नामदार तो एक ही है, फिर से किसी मां ने नामदार नहीं पैदा किया...

राज बीबी चुपचाप उसके चेहरे की ओर देखती रही...

लैला कहने लगी–नीले तहमद वाला जब सफ़ेद रेशमी कुर्ता पहनकर किश्ती में गाता इस किनारे से निकल जाता है, तो क़सम ख़ुदा की एकदम रांझा लगता है... रांझे की तरह वंझली (बांसुरी) तो नहीं बजाता, पर जब तारों वाला साज़ छेड़ता है, लगता है किसी हीर को तलाशता है...

राज बीबी हंस दी, कहने लगी–उसका तो पता नहीं, पर तुम उसकी बातें करती हुई ज़रूर उसकी चाहत रखती है...

लैला ने राज बीबी की काली स्याह ज़ुल्फ़ों को उसके माथे से पीछे की ओर करते हुए कहा–ले, यही बात मेरी आखों में देख कर कह। होंठ तो झूठ बोल सकते हैं, पर आंखें नहीं बोल सकतीं...मैंने तो तेरे मन की हीर का भेद लेने के लिए, कह रही हूं...

राज बीबी की आखों में उस समय बड़े-बड़े आंसू भर आए, कहने लगी–इन दिनों मुझे बहुत बुरा सपना आ रहा है...

लैला उठ कर भीतर गई, और पानी में मिश्री घोल कर ले आई, और वह कांसे का कटोरा राज बीबी को देते हुए कहने लगी–दो-चार घूंट पी ले, और मुझे सपना बता, मैं किसी सयाने से उसकी ताबीर पूछूंगी...

राज बीबी का गला सच में सूख रहा था, मिश्री वाले पानी के दो-चार घूंट पी कर कहने लगी–किसी से ताबीर पूछने वाली बात नहीं, ताबीर तो यह सपना खुद ही बता रहा है...

फिर आहिस्ता-आहिस्ता तर्क-दलीलों में डूबती राज बीबी कहने लगी–कोई परीजादी-सी सपने में आती है, सिर से लेकर पैरों तलक सफ़ेद कपड़े पहन कर, और मेरा हाथ पकड़कर मुझे बिस्तर से उठा कर अपने साथ ले जाती है... रास्ते वीरान सुनसान हैं...न कोई इन्सान, न इन्सान की जात...और फिर बीहड़ों से गुज़र कर ऐसी जगह लेकर जाती है, जहां एक क़ब्र खुली हुई है, और वहां जाकर वह मुझ अकेली को छोड़ कर, खुद उस क़ब्र में उतर जाती है...

–हाय मैं मर गई...लैला यह बात सुनते ही पीली पड़ गई...फिर कहने लगी–यह तो ऐसा सपना है, मैं किसी आलिम से इसकी ताबीर भी नहीं पूछ सकती राज बीबी कहने लगी–ताबीर तो ख़ुद बोल रही है...मैं अपने-आप को बहुत समझा चुकी हूं, पर वह नामदार मेरे रोम-रोम में बस गया है...लैला, खिड़की से दूर, दरिया के पार वाले किनारे से भी दूर ऊंचे-ऊंचे पेड़ों के जंगल को देखती रही, फिर कहने लगी–तुम्हारे मन का भेद कुछ नामदार ने भी पाया है कि नहीं?

राज बीबी ने आंखें मूंद लीं, सामने नामदार का वही बुत था, जो दूर किश्ती में बैठा सिर ऊपर किए हुए उसकी खिड़की की ओर देख रहा था...और उसी की ख़ुमारी हुई राज बीबी कहने लगी–वह जब सिर उठाकर देखता है, क़सम ख़ुदा की उसकी आखों में इलाही नूर होता है...मैं तो खिड़की पर खड़ी दीवानी सी हो जाती हूं...

लैला ज़रा सा हंस दी, कहने लगी–अब बता मैं क्या करूं, वही डंक मारने वाला है, और वही मदारी...कुछ पूछूं उसे जाकर?

राज बीबी का चेहरा फिर उतर गया, कहने लगी–उससे क्या पूछना है। कुछ पूछना है, तो किस्मत से पूछ जाकर, या उस परीज़ादी से पूछ, जो मुझे रोज़ अपने साथ ले जाती है, और फिर क़ब्र में पड़ कर, क़ब्र को खुला छोड़ देती है, जैसे मुझे भी कह रही हो–मेरे पास आ जाओ क़ब्र में...

लैला पैरों तलक कांप गई। फिर कहने लगी–अच्छा, अगर, नामदार के बुजुर्ग उसका रिश्ता लेकर खुद ही तुम्हारे अब्बा जी के पास आ जाएं, और तुम भी हामी भर दी, तो वो कबूल कर लेंगे...तुम तो दसौरी खजूर भी मांगो तो वह मंगवा कर देते हैं...

राज बीबी हंसी नहीं, कहने लगी–अमीरजादों के लिए दसौरी खजूर बड़ी बात

नहीं हुआ करती, पर मैं तो बहिश्ती खजूरें मांगती हूं... ये अमीरजादे किश्तियां वालों का रिश्ता नहीं क़बूल करेंगे...वो तो मेरे लिए ऐसा रिश्ता ढूंढते हैं, जिसने गांव के गांव अपनी जागीर में लिए हैं...

–सोचों में डूबी लैला कहने लगी–फिर तुम बताओ अब क्या करें?

राज बीबी ने सिर का दुपट्टा उतार कर लैला के सिर पर ओढ़ा दिया, और कहने लगी–मेरे इश्क़ की आबरू अब तुम्हारे हाथ में है। नामदार से जाकर कह कि किसी अंधेरी रात में मुझे यहां से निकाल कर अपने साथ ले जाए–काले कोसों से भी परे, जहां से फिर हमारी हवा भी किसी को न आए...

लैला कांप कर जमीन के क़ालीन पर बैठ गई।

राज बीबी ने कहा–अंग सखी, डर गई हो?

लैला आहिस्ता से बोली–हां डर गई हूं। अपने लिए नहीं, तुम्हारे लिए। डर गई हूं कि तुम्हारे सपने की ताबीर तुम्हें बुला रही है...और जब लैला एक दिन, आधी रात में दबे पांव नामदार के पास गई, तो नामदार ने सब सुनते हुए लैला के पैरों की मिट्टी माथे से लगाई, और कहने लगा–जिसने मेरे महबूब का बोल मेरे कानों तक पहुंचाया है, मैं उसके पैरों की मिट्टी को भी सलाम करता हूं...

लैला बहुत घबराई हुई थी, कहने लगी–अब क्या होगा?

नामदार ने आसमान की ओर हाथ उठाए, कहने लगा–जो अल्लाह को मंजूर। आज से चार रातों के बाद, पांचवीं रात जब काले कपड़े पहन कर दरवेश हो जाएगी, हम भी दोनों यह दरिया पार कर दरवेश हो जाएंगे...

लैला घबराई हुई लौटी, राज बीबी दीवार से कान लगा कर खड़ी थी, जल्दी से दरवाज़ा खोला, और लैला अंदर आकर उसके गले से लग गई, कहने लगी–आज से पांचवीं रात को तुम्हें नामदार ने बुलाया है, जरा सी दूर किश्ती लेकर तुम्हारा इंतजार करेगा...

राज बीबी ने धड़कते दिल पर हाथ रखा, होठों से निकला–अल्लाह!

लैला ने आहिस्ता से कहा–नसीब वाली! तुम दरगाह पर पहुंच जाओगी, पीछे मेरा क्या होगा...

राज बीबी ने उसके कंधे पर हाथ रखा, कहने लगी–तुम्हारी जान सलामत, तुम एकदम गूंगी-बहरी हो जाना, जैसे तुम्हें कुछ मालूम नहीं...

लैला बोली–मैं इस बात के लिए नहीं कहती, मैं तो कहती हूं कि मुझे तुम नहीं दिखोगी, तो मेरा क्या होगा...

देर हो रही थी, पर राज बीबी की और लैला की बातों को समय बीतने की ख़बर नहीं थी...

आसमान के तारे औसियां डालते रहे और जब पांचवीं रात आई, तारों की लौ के अलावा किसी को ख़बर नहीं हुई कि राज बीबी हवेली से निकल कर दरिया से हटकर बंधी नामदार की किश्ती पर पहुंची, और नामदार ने अल्लाह को साक्षी रखकर राज बीबी का हाथ पकड़ा, और किश्ती दरिया के दूसरे किनारे लग गई...

सुबह की रोशनी ने सारे गांव में चुग़ली लगा दी। गौहर मियां दीवाने से हुए अपनी बेटी को ढूंढ रहे थे, और कारीगरों के टोले को आज नामदार कहीं नहीं दिख रहा था...

गौहर मियां को एक ही अरमान खाए जा रहा था कि आज उनका कोई ज़वान बेटा होता, तो दूर दराज़ से भी उनकी बेटी को ढूंढ लाता...

उस समय गौहर मियां का छोटा भाई सामने आया, उसका नाम नामी था, उसने भाई को हौसला दिया, कहा–बेटा क्या और भाई क्या, क्यों दिल छोड़ते हो गौहर मियां, मैं लड़की को ढूंढ लाऊंगा...

गौहर मियां को पता था कि नामी स्वभाव का कड़वा है, कहने लगे–देख, मेरी बेटी को कुछ मत कहना। जा, खुदा तेरे साथ हो!

दूसरी ओर राज बीबी और नामदार बीहड़ों को चीरते ऐसे गांव में पहुंचे, जहां से ख़बर सुनी कि धरजाख से लोग हथियार लेकर चल दिए हैं... जाने क्या मामला है...

दोनों घबराए हुए थे कि उस गांव में गौहर बेगम की ख़बर सुनी, जिसे लोग खुदा दोस्त कहते थे। कहते थे कि वह रहती तो हुजरे में है, पर जब कभी हुजरे से बाहर आकर दीदार देती है, तो लोग उसे न्याज़ देते हैं। राज बीबी और नामदार ने गौहर बीबी की पनाह ली, कहा–तूफ़ान उठा खड़ा हुआ है, और बीबी! तेरा दर नूह की किश्ती है, हम तुम्हारी इस कश्ती में पनाह लेने आए हैं...

गौहर बीबी ने दोनों को गले से लगाया, कहा–अल्लाह वालो! खुदा रहम करेगा, हौसला रखो, और आराम से बैठ कर दो निवाले खा लो। थक गए होगे, रास्ता तय करते-करते। दोनों ने गौहर बेगम के पैर चूमे–लगा–सचमुच नूह की कश्ती उन्हें मिल गई थी...

रात मुश्किल से बीती थी कि गांव में नामी की आहट आ गई। अफ़वाहें सुनते

हुए नामी ने गौहर बेगम का दरवाज़ा आकर खटखटाया। गौहर बेगम ने बाहर वाले दालान में उसे बिठाया, पूछा–बता, अल्लाह के बंदे, यहां क्या करने आया है?

नामी ने हाथ जोड़े, कहा–तुम्हारी तारीफें सुनी हैं बीबी, इसीलिए तुम्हारे दरवाज़े पर आया हूं कि हमारी बेटी हमें लौटा दे। उसका बाप उसका चेहरा देखने के लिए तरस रहा है...

गौहर बीबी ने पूछा–बाप की ऐसी लाडली थी, तो उसने बेटी के सिर पर हाथ क्यों नहीं रखा?

नामी कुछ सोचों में डूब गया, फिर कहने लगा–उसे ख़बर नहीं हुई थी।

गौहर बीबी ने पूछा–अगर ख़बर होती, तो अपने हाथों से वह बेटी का निकाह करता?

नामी का चेहरा ज़रा सा तमतमा गया, कहने लगा–उस कश्ती वाले के साथ?

गौहर बीबी ने उसकी नब्ज़ पहचान ली, कहने लगी–मोहब्बत तो अल्लाह की ज़ात होती है...

नामी ने वक्त की नज़ाकत पहचानी, कहने लगा–दरवेश बीबी, तुम सच कहती हो। वह दोनों अब वापिस आ जाएं, जैसा तुम्हारा हुक्म होगा, वैसा करेंगे...

गौहर बीबी चुप रही। नामी कहने लगा–कसम उठवा लो कुरान की। दोनों की ख़ैरियत लिखवा लो।

गौहर बीबी कहने लगी–जानते हो, क़ुरान की झूठी क़सम खाना कितना बड़ा कुफ़्र होता है...

नामी ने जल्दी से कहा–मैं कुफ़्र नहीं कमा सकता...

और गौहर बीबी ने दोनों को नामी के हवाले कर दिया। कहा–अल्लाह को याद रखना।

नामी ने साथ आए लोगों को वापिस भिजवा दिया, और दरिया के किनारे जाकर कश्ती का बंदोबस्त किया, वापस लौटने के लिए...

राज बीबी ने नामदार का हाथ पकड़ा, कहा–खुदा तुम्हें सलामत रखे, पर अंदर से मेरा दिल कांप रहा है...

नामदार ने लपक कर राज बीबी को सीने से लगाया। कहा—क्या पता खुदा, इन्सानों के मन में मेहर डाल दे... और कोई रास्ता भी तो नहीं दिखता...

कश्ती बहते दरिया में थी, जब नामी ने तलवार निकाली, और एक ही वार से नामदार का सिर उतार कर दरिया में फेंक दिया...

राज बीबी ने कहर की नज़र से नामी की ओर देखा, और बहते दरिया में छलांग लगा दी...

दरिया ने खून के घूंट पीकर नामी की ओर देखा...

ख़बर जब गौहर मियां को पहुंची, उसने दीवार से सिर पटका कर कहा—अरे तुम्हें खुदा का क़हर पड़े नामी। तूने मेरे कुल का दीया बुझा दिया...

ख़बर जब इलियास तक पहुंची, नामदार के बाप तक, तो सभी कारीगरों ने घरजाख से अपने घर उठा लिए, और अपने धंधे को दरिया के किसी दूर मुहाने पर ले गए...

ख़बर जब गौहर बेगम को पहुंची तो वह रोकर हुजरे में जा बैठी, और कहते हैं—फिर वह हुजरे से नहीं निकली...

सस्सी-पुन्नू

शाही बग़ीचे के पेड़ों में जब फूल खिलते, तो महल की खिड़की में खड़ी हुई रानी टूटी हुई बेल की तरह उदास हो जाती–"खुदाया! धरती का चप्पा-चप्पा हरा हो गया, मेरी कोख क्यों हरी नहीं होती?"

और फूलों का मौसम जो हर बरस पेड़ों और पौधों पर आता था, एक बार रानी के बदन पर भी आ गया। रानी बौर से भरी हुई टहनी की तरह सजदे में झुक-झुक जाती थी।

उम्मीद का उड़ता हुआ पंछी उसकी खिड़की में आ बैठा था। वह अपनी हथेलियों पर मेहंदी लगाती और सोचती, इस पंछी को हाथ पर दाना चुगाऊंगी...

आईने के सामने खड़ी वह दंदासा मलती तो गहरे लाल रंग जैसी एक लोरी उसके होंठों पर आ जाती...

सच्चे रेशमी पालने में वह मोतियों की लड़ियां बांधती और इंतज़ार के दिनों को मोतियों के दानों की तरह गिनती...

एक दिन मोती पिरोते-पिरोते उसके हाथ से धागा टूट गया। सारे मोती फर्श पर फैल गए। दासियां संगमरमरी फर्श से मोती बीनती रहीं, लेकिन रानी टूटे हुए धागे की तरह ख़्यालों में डूब गई, कहीं मेरी किस्मत के मोती मेरे हाथों से न गिर पड़ें...

भंबोर शहर के राजा ने खजाने का मुंह खोल दिया। लोग ख़ाली झोलियां लेकर आते और भर कर ले जाते। राजा और रानी रात के वक़्त खुदा के सामने झोली फैलाकर कहते, "हम जग के राजा, हम तेरे दर के भिखारी हैं। तू हमारी झोली भर दे, ऐ मालिक!"

और दूज के चांद सी बेटी उनकी झोली में पड़ गई...

"यह तो मेरी कल्पना से भी सुंदर है!" रानी बार-बार उसकी तरफ़ देखती और अंग-अंग से लोरियां गाती।

सस्सी-पुन्नू

नसों का लहू जब दूध बनकर रानी की छाती में से बहने लगा, तो एक दिन दूध पीते-पीते सस्सी के होठों से दूध की बूंदें फर्श पर जा गिरीं। दूध की बूंदें सफ़ेद मोतियों जैसी थीं। अचानक रानी को उस दिन की याद आ गई, जब मोतियों की लड़ी उसके हाथ से छूट गई थी और सारे मोती फ़र्श पर फैल गए थे। रानी ने धड़कते कलेजे से अपनी बेटी को अपने सीने से चिपका लिया, लेकिन सारी रात होंठों की लोरी कांपती रहीं थी...

सुबह जब राजा दरबार में गया, तो रानी को यह देखकर हैरानी हुई कि वह फौरन महल में वापिस आ गया था। राजा सस्सी के पालने के पास आकर इस तरह बैठ गया था, जैसे कोई क़ब्र के पास बैठा हो...

रोती और कांपती सी रानी कभी अपनी बेटी की ओर देखती, कभी बेटी के बाप की तरफ। आख़िर राजा ने बताया, "यह हमारी बेटी, हमारे कुल का दाग़, मैं इसका क्या करूं? आज नजूमियों ने बताया है कि जब यह जवान होगी, तो सारी दुनिया से न्यारी होगी। किसी मर्द के इश्क़ में यह घर-बार छोड़ देगी और कुल की लाज भी..."

"दाग तो चांद में भी होता है...," रानी टूटी हुई लता की तरह राजा के पैरों के पास गिर पड़ी।

"चांद-तारों की ख़ता माफ होती है, रानी! लेकिन आदमज़ात की नहीं..."

"यह भी तो चांद का टुकड़ा है,..." कहती-कहती रानी बेहोश हो गई।

अपनी कोख से जनमी को अपने ही हाथों से भला कैसे मरवाया जा सकता था? वज़ीरों और अहलकारों की सलाह से राजा ने चंदन की लकड़ी का एक संदूक़ बनवाया, उसमें हीरे और मोती जड़वाए, रेशम के बिछौने बिछाए और मोहरों की थैलियों के पास लहू-मांस की पोटली जैसी अपनी बेटी को लिटा कर संदूक़ को नदी में बहा दिया–"ले ख्वाजा खिज्र, यह तेरे हवाले है।"

रानी को होश आया, तो उसके होंठों की लोरियां विलाप बन गईं, "हाय री बिटिया, तुझे कैसी डोली में डाला, मगरमच्छों के कहार तेरी डोली उठा कर ले जा रहे हैं...

शहर के बाहर एक घाट पर अत्ता धोबी कपड़े धो रहा था। नदी के पानी में उसे कोई चमकदार चीज दिखाई दी। उसने कई बार आंखें झपकाईं और देखा, चढ़ी हुई नदी में रंगीन सपने जैसी कोई चीज़ बहती हुई जा रही थी...

मोतियों और पन्नों से जड़े संदूक पर जब सूरज की किरणें पड़तीं, तो वह झिलमिलाने लगता था। अत्ता धोबी अल्लाह का नाम लेकर पानी में उतर गया और संदूक की दिशा में तैरने लगा। उसने जाकर संदूक को हाथ से थाम लिया। किनारे पर लाकर जब उसने संदूक़ खोला, तो कितनी देर तक देखता रह गया। उसे विश्वास नहीं हो रहा था कि उस जैसे बेऔलाद के यहां तक़दीर कैसे खुद चल कर आई है! ख़्वाजा ख़िज़्र ने चांद की फांक जैसी बेटी आज अचानक उसकी झोली में डाल दी थी।

"इस तक़दीर को आज किसने अपने हाथों से बहाया होगा?" अत्ते की समझ में कुछ नहीं आ रहा था, लेकिन वह अगूंठा चूसती हुई सस्सी को बार-बार गले से लगा रहा था और खुशी से रो उठा था...

"कितनी मासूम सूरत है!" अत्ते की बीवी ने जब सस्सी को अपनी झोली में डाला, तो उसकी सूखी रगों में ममता बहने लगी...

बच्ची के गले में सोने की जंजीर से बंधा एक तावीज था। अत्ते ने उसमें सस्सी का नाम पढ़ा और तावीज को और संदूक़ के हीरे-मोतियों को एक पोटली में बांध कर पिछवाड़े की कोठरी में अमानत की तरह संभाल कर रख दिया, "बिटिया, तेरी जवानी की अमानत। जब बड़ी होगी, तो तू ही इन्हें पहनना।"

अत्ते ने देगें चढ़ाईं और सारी बिरादरी में बांटी। शीरनी का पहला थाल नदी को चढ़ाया, ख्वाजा खिज़्र को बार-बार यही कहता रहा, "आज मैं सचमुच जग में रहने के काबिल हो गया, भाईयो, मेरे सोए नसीब जाग उठे हैं।"

अत्ते की बीवी ने उस बच्ची को अपनी छाती से लगाया, तो उसकी सूखी छातियों में दूध उतर आया। उसे ऐसा लगा, जैसे उसकी निष्फल जा रही देह में एक इलाही फूल खिल उठा हो...

इस तरह महलों की रौनक़ धोबी के आंगन में खेलने लगी...

सस्सी को रूप चढ़ा तो बाढ़ की तरह। जवानी चढ़ी तो बाढ़ की तरह। रिश्ते-नातेदारों की ओर से शादी के पैग़ाम आने लगे, लेकिन अत्ता जब बेटी के चेहरे की तरफ़ देखता तो उसकी आंखें मुंद जातीं। सोचता, इस बिटिया के लिए तो कहीं से कोई फरिश्ता ढूंढ कर लाऊं। इसके योग्य कौन आदमी है? मुझे तो कोई दिखाई नहीं देता...'

जो रिश्तेदार अत्ते की मिन्नतें करते, वे अब कहने लगे, "अत्ते की बेटी तो

आसमान से उतरी है, इसके दरवाज़े पर तो किसी राजा की बारात आएगी।"

सस्सी के हुस्न की धूम मच गई। बात झोंपड़ियों से चलकर अमीरों और वज़ीरों के कानों में जा पड़ी। किसी ने राजा से भी कह दिया, "अत्ते धोबी की लड़की तो महलों में रहने के क़ाबिल है।"

राजा का बुलावा आया, तो अत्ते की छाती में हौल पड़ गई, "हे ख्वाजा खिज़र! ये नदियां उलटी क्यों बहने लगी हैं?"

लेकिन राजा का हुक्म था, टाला नहीं जा सकता था।

अत्ते की बीवी ने सस्सी को उबटन मल कर नहलाया और कपड़े पहनाते हुए उसकी रक्षा के लिए संभाल कर रखा हुआ उसका सोने का तावीज भी उसके गले में पहना दिया।

बेटी को लेकर जब अत्ता महल में पहुंचा, तो सस्सी को देखकर राजा से आंखें न झपकाई गईं। सोचने लगा, ऐसा रूप तो किसी को महलों में भी नसीब नहीं होता, यह धोबी कौन से आसमान से मुट्ठी भर कर लाया है...?

पैरों के नीचे की धरती मखमल की सी हो गई। राजा ने बौरा कर सस्सी का हाथ पकड़ा, लेकिन ज्यों ही उसने सस्सी के कंधों की तरफ़ हाथ बढ़ाया तो उसकी नज़र उसके गले में पड़े तावीज़ की तरफ गई। राजा के पैरों तले धरती हिलने लगी...

राजा ने भीतरी महल से रानी को बुला लिया और सस्सी के गले में पड़ा तावीज उसे दिखाया...

"बेटी, मेरी बेटी...!" रानी की आवाज़ कांपने लगी...

राजा के दिल को कोई कचोट रहा था, लेकिन सूरत देख कर भी यह स्वीकार करना मुश्किल सा लगा कि नदी में बहाया हुआ उसका कलेजे का टुकड़ा अब भी इस संसार में जिंदा...

रानी को लगा, जैसे यह इस दुनिया की घटना नहीं थी, वह इस डर से आंखें नहीं झपकाती थी कि यह सपना कहीं आखों के सामने से खो न जाए।

राजा ने अत्ते धोबी को अपने पास बिठाया, और हुक्म दिया कि वह सारी हकीकत बयान करे।

"ख़ान! सुलतान! ख्वाजा खिज़र ने मेरी खाली झोली भर दी। मोतियों से

जड़े संदूक में यह रेशमी पोटली सी पड़ी हुई थी और संदूक नदी में बहा जा रहा था...” अत्ते धोबी ने हाथ बांध कर सारी हकीकत बताई और राजा के पैर पकड़ लिए, “यह जलपरी की तरह जल में से निकली थी, बादशाह सलामत, ऊपर अल्लाह नीचे बादशाह, नहीं तो मेरी क्या औकात कि यह परीजादी मेरे आंगन में खेलती... !”

राजा ने अत्ते धोबी के सामने एक सौ एक मोहरें रखीं और फ़रमान दिया, एक अर्ज़ की तरह कि, “खुदा की महिमा है, अत्ते! अब जिस गांव पर तू हाथ रखे वही तेरा होगा, लेकिन हमारे महलों की रोशनी हमें मोड़ दे... !”

और रानी के सीने में से आशा पनपने लगी, उसने कहा, “मैं तेरे अहसान का बदला नहीं चुका सकती, अत्तेया, लेकिन मां के इस नसीब को लौटा दे।”

अत्ते के होंठ कांपने लगे। उससे बोला नहीं जा रहा था। उसकी जगह सस्सी ने कहा, “रानी मां! जब-जब हुक्म दोगी मैं हाजिर हो जाऊंगी, लेकिन रहूंगी उसी छत तले जिसने मुझ मरती हुई को पनाह दी थी।”

और महलों की रौनक धोबी के आंगन में खेलती रही। पहले सिर्फ़ परमात्मा की नज़र जानती थी, फिर दुनिया की आंखों ने भी देखा–सस्सी पवन की तरह आज़ाद, जब जी चाहता नदी के घाटों पर घूमती।

राजा ने सस्सी के लिए एक अलग बाग़ बनवाया। वहां जाकर सस्सी सहेलियों के साथ झूला झूलती और गाती। फूलों की तरह सस्सी की आत्मा भी महकने लगी...

अब दुनिया की नियामतें सस्सी के पास थीं। विद्वानों और आलिमों को बुलाया गया और उसने इल्म की तरफ़ अपना मन लगाया। सारी-सारी रात उसके पास चिराग़ जलते और उसकी रोशनी में वह अपनी आत्मा में ज्ञान की रोशनी भरती।

पता चला कि शहर में एक ग़जनी सौदागर ने एक बाग़ बनवाया है और बाग़ के भीतर की इमारत में उसने इस तरह की तस्वीरें बनवाई हैं, जिसे आज तक न किसी ने देखा, न किसी ने सुना है।

सस्सी को इल्म का शौक़ लगा था। सहेलियों को लेकर दौड़ी हुई ग़जनी के सौदागर के बाग़ में पहुंची। देख कर सस्सी का मन झूम उठा, दोनों तरफ़ से इमारत की दीवार रोशन थीं। एक तरफ़ शगूफ़ों की महक से, दूसरी तरफ़ रंगों की महक

से। बाहर एक माली कई पनीरियां लगा रहा था, और भीतर एक चित्रकार कई रंगों से तस्वीरें बना रहा था।

सस्सी ने तस्वीरें देखीं और हुस्न को सलाम किया, लेकिन इन तस्वीरों में एक तस्वीर ऐसी थी, जिसे देखते ही सस्सी के पैर ठिठक गए। आंखें झपकना भूल गईं। जब सहेलियों ने सस्सी को झकझोरा, तो उसने विह्वल होकर चित्रकार के सामने हाथ जोड़ कर कहा–"यह तस्वीर तूने किसी की सूरत देख कर बनाई है, ऐ हुनर वाले?"

चित्रकार हंस दिया "सूरत खुदा ने बनाई, तस्वीर इस नाचीज़ ने। यह कीचम के वली अलीहोत का शहज़ादा पुन्नू..."

"पुन्नू...पुन्नू...!" सस्सी के रोम-रोम में से एक आवाज निकली, "पुन्नू... पुन्नू...!"

हुनर को देखने और परखने आई सस्सी ने अपनी तक़दीर मोल ले ली।

सारे दिल की क़ीमत देकर सस्सी ने पुन्नू की तस्वीर को आंखों में बसा लिया।

भंबोर शहर का कोई हाकिम ऐसा नहीं था, जो सस्सी का ताबेदार नहीं था, हर घाट पर चौकियां बैठा दी गईं, जो कोई सौदागर शहर से आए सबसे पहले उसे सस्सी के सामने पेश किया जाए।

"सौदागरों की जान और माल सलामत रहेंगे, लेकिन वे तब तक अपने देश नहीं लौट सकते, जब तक वे अलीहोत के शहज़ादे पुन्नू को यहां नहीं ले आते।" सस्सी ने उस ज़मीन की तरफ़ से आती हवा को सजदा किया और फ़रमान दिया, जिससे सौदागरों में हाय-तोबा मच गई। एक सौदागर को उन्होंने दूत बनाकर कीचम के लिए रवाना कर दिया। कीचम के वली अलीहोत ने सुना तो बलोचों में रोष फैल गया।

इस रोष की ख़बर पुन्नू के कानों में भी पड़ी। उसने दूत को एकांत में बुलाया और उससे सस्सी के इश्क़ की ख़बर सुनी।

सस्सी के दिल की आग पुन्नू के दिल को भी छू गई। उसका रोम-रोम सस्सी के इश्क़ में सुलग उठा।

सुबह को सूरज की लाली को देख कर पुन्नू को ऐसा लग रहा था, जैसे आज सूरज नहीं, सस्सी का इश्क़ आसमान पर चढ़ा हुआ था।

पुन्नू ने चढ़ते सूरज को सजदा किया और इत्र-फुलेलों की गठरी लेकर सौदागरी भेस में अपने बाप को बिना बताए, चोरी-छिपे भंबोर शहर की तरफ़ चल दिया।

"कीचम से सौदागर आए हैं।" यह ख़बर जब पहरेदारों ने सस्सी के कानों तक पहुंचाई, तो सस्सी व्याकुल होकर भागी हुई उन शामियानों में गई, जहां कीचम के सारे सौदागर तरह-तरह के सामान की हाट लगा कर बैठते थे।

पुन्नू भी सौदागरों की कतार में एक सौदागर की तरह बैठा था। सस्सी से पहचाना न गया, लेकिन जब पुन्नू ने सस्सी का सौंदर्य देखा, तो उसे लगा–जिस सूरज को उसने आसमान में सजदा किया था, वही सूरज उसके सामने धरती पर उतर आया था।

पुन्नू ने इत्र का फाहा सस्सी के पास जाकर उसके पल्ले से इस तरह छुआया जैसे रब्ब की दरगाह में चढ़ाया हो...

सिफ़्त खुदावंद की। सस्सी की आंखों में एक लौ कौंध गई, लेकिन उसने कांपते हुए होंठों से पूछा, "ऐ सौदागर, तू बड़े खुशक़िस्मत देश से आया है, सच बता, तूने कभी मेरा पुन्नू भी देखा है?"

"हां!" पुन्नू ने अदब से सिर झुका लिया। फिर सिर उठाया, तो सस्सी की आंखों में देख कर कहने लगा, "परीज़ादी! असली पुन्नू को मैंने आज ही देखा है, तेरी आंखों में।"

दोनों के सिर एक-दूसरे के सामने सजदे की तरह झुक गए।

इधर पुन्नू के भाई गुस्से में आकर डाचियों (ऊंटनियों) पर सवार होकर पुन्नू के पीछे-पीछे भंबोर शहर में पहुंचे। देखा कि सारा शहर शमादान की तरह रोशन था। ख़बरें सुनते हुए वे सस्सी के उस बाग़ में पहुंचे, जहां पुन्नू ठहरा हुआ था। फूलों के जश्न में सस्सी की सहेलियां कबूतरियों, चिड़ियों और बुलबुलों की तरह चहक रही थीं।

पुन्नू के भाइयों ने आपस में सलाह की, डाचियों को बाहर पेड़ों से बांध कर भीतर चले गए और उन्होंने सस्सी और पुन्नू के सामने मोहब्बत का इज़हार किया। ज़बान में मिश्री घोल कर कहा, "हम अपने भाई की खुशी में शरीक होने के लिए आए हैं।"

"खुशामदीद! आपकी राहों में मैं अपनी पलकें बिछाती हूं।" सस्सी ने कहा और उसने ज़र्दे और पुलाव की देंगे चढ़वा दीं।

शाम हुई तो पुन्नू के भाइयों ने जाम और सुराहियां निकाली, "निकाह से पहले हम तीन दिन तक जश्न मनाएंगे।"

सस्सी की सहेलियों ने मेहंदी घोली, इत्र-फुलेल डाल कर उबटन बनाया, सस्सी और पुन्नू को सच्चे रेशम के जोड़े पहना कर ढोलकी बजाने लगीं।

महलों में से रानी मां ने मोतियों के थाल भेजे और अत्ते ने गिरी-छुहारों से भरी टोकरी लाकर बलोचों की नज़र की।

अत्ते के सभी रिश्तेदारों ने घाट के किनारे पर चिराग़ जलाए और ख़्वाजा खिजर को भी शीरनी का थाल चढ़ाया।

यह पुण्य कमाने का समय था, लेकिन पुन्नू के भाइयों ने पाप कमाया। पुन्नू के आखिरी जाम में नींद की दवाई घोल दी। एक आख़िरी जाम पीने की स्वाभाविक रस्म थी, 'ता आख़िर' जिस वजह से पुन्नू के मन में कोई संदेह नहीं उठा, लेकिन जाम खाली होते ही पुन्नू को नींद आने लगी।

सस्सी अपने शामियाने में सहेलियों के साथ जाकर सो गई और पुन्नू अपने शामियाने में अपने भाइयों के साथ जाकर सो गया।

सुबह होते ही जब सस्सी जागी, तो रात का अंधेरा सूरज के सामने दुहाई दे रहा था। पुन्नू का शामियाना फटी हुई झोली की तरह सस्सी के सामने पड़ा था। आधी रात के समय पुन्नू के भाई नींद में बेसुध पुन्नू को डाची परे डाल कर कीचम की ओर लौट गये थे...

फूलों की सारी महक सस्सी के होंठों का ग़म बन गई। उसने दीवानगी में उन रेगिस्तानों की तरफ बाहें फैलाईं, जिनमें से इस वक़्त पुन्नू की डाची उसे छीन कर लिए जा रही थी...

सस्सी की सहेलियां विलाप करती हुई सस्सी के पीछे भागीं, लेकिन दीवाने क़दमों से पीछे भागती हुई हांफने लगीं। सस्सी नंगे पैर डाचियों के पैरों के निशान ढूंढती हुई पता नहीं कहां की कहां पहुंच गई थी।

"पुन्नू! पुन्नू!" सस्सी की आवाजें रेगिस्तान में रेत के टीलों की तरह उठतीं और गिर जातीं।

सस्सी के पैर के तलवों में लगा मेहंदी का रंग लहू की तरह लाल हो गया। सिर के ऊपर सूरज उसके इश्क़ की तरह जल रहा था–वह सिर से पैर तक जैसे आग की लपट की तरह जलती हुई मरुस्थलों में भाग रही थी।

रानी मां का भेजा हुआ मोतियों का हार सस्सी के गले में पड़ा था। उसके

खुले बालों में अटक कर पता नहीं किस समय उस हार का धागा टूट गया। छम-छम करते मोती रेत में गिरने लगे। इस वक़्त सस्सी को अपनी तक़दीर का वह वक़्त याद आया, जब उसके जन्म के वक्त में उसके आने के लिए मोतियों की लड़ियां पिरो रही थी और लड़ी टूट गई थी...

सस्सी को जब रानी मां की बताई हुई बात याद आई, तो उसके होंठों से आह की तरह लफ़्ज़ निकले–"मेरी तकदीर तो मां ने तभी पहचान ली थी...!"

पैरों के छालों की तड़प में उसने रेत में गिरे मोतियों को देखा और फिर डाचियों के पैरों के निशान ढूंढने लग गई...

मरुस्थलों की रेत सस्सी के दर्द की तरह अपार थी।

"मैं जल और थल की अमानत!" सस्सी ने तड़प कर अपने दिल से कहा, "अथाह जल ने मुझे एक अमानत की तरह अपनी हथेली पर उठाए रखा, अब ये मरुस्थल भी मेरे इश्क़ को अमानत की तरह संभाले रखेंगे..."

सस्सी ने सुन रखा था कि कुकनूस पंछी जब गाता है, तो उसके पंखों में से आग की लपटें निकलती हैं। वह जैसे-जैसे गाता है, लपटें ऊंची होती जाती हैं और अंत में वह अपने पंखों की आग में भस्म हो जाता है...

सस्सी को लगा, जैसे उसके अंग-अंग में से आग की लपटें निकल रही हों। उसने और ज्यादा ऊंची आवाज़ में पुकारा, "पुन्नू...पुन्नू...!"

और उसके अंग अपनी आग में भस्म होने लगे...

नज़दीक किसी टीले की ओट में एक गडरिया बालक भेड़ें लेकर जा रहा था। उसके कानों में हूक सी आवाजें सुनाई दी थीं। वह गर्म लू को चीरता हुआ टीले के पीछे से निकल कर वहां आ पहुंचा, जहां किनारियों-जड़ा दुपट्टा किसी कफ़न की तरह मरुस्थल में पड़ा हुआ था...

"या इलाही!" गडरिये ने दुपट्टे का किनारा उठा कर देखा, सस्सी बेहोश पड़ी थी...

गडरिये ने एक भेड़ पर लदी मश्क में से पानी निकाला और सस्सी के चेहरे पर छींटे दिए...

सस्सी को होश आया, लेकिन क्षण-भर के लिए 'पुन्नू...पुन्नू!'... पानी के कतरों की तरह उसने पुन्नू के नाम का एक घूंट सी भरी और सांस तोड़ दी...

गडरिया बालक बहुत देर तक चुप का चुप उसके सामने बैठा रहा। फिर ढलते सूरज के साथ वह वहीं रेत में सस्सी की कब्र बनाने लगा...

गडरिये की उठती जवानी जैसे वैराग्य बन गई। उसे ऐसा लगा कि इस परीज़ादी की क़ब्र पर वह क़ब्र के दीये की तरह हमेशा जलता रहेगा...

शाम का अंधेरा अभी उतरा ही था कि कोई डाची का सवार उसके नज़दीक से गुज़रा और उसे मरुस्थल में बैठा देख कर पल भर के लिए रुक गया। उसने पूछा, "यहां कहीं पानी मिलेगा?"

गडरिये ने जिस शकोरे में से सस्सी को पानी का घूंट पिलाया था, वही शकोरा उसके सामने रख दिया।

डाची के सवार ने कसोरे में से पानी का घूंट भरा और हैरानी से पूछा, "यहां मरुस्थलों में न कोई ओट है, न साया, तू यहां किसलिए बैठा है, भाई?"

गडरिये ने हाथ से कब्र की तरफ़ इशारा किया और कहा, "मेरा मन दुनिया से उठ गया है, आज मैंने यहां एक परीज़ादी औरत को मरते देखा है..."

"कौन थी?" डाची के सवार के हाथ में पकड़ा शकोरा कांप उठा।

"पता नहीं कौन थी, पुन्नू, पुन्नू कहते-कहते उसने सांस तोड़ दी थी..."

डाची के सवार ने अपना कांपता हुआ हाथ गडरिये के कंधे पर रखा, "तो भाई, एक मेहरबानी कर, इस क़ब्र को खोल कर बड़ा कर दे।"

गडरिया हैरान होकर डाची के सवार की तरफ देखता रहा, लेकिन डाची वाले को कुछ और कहने की फुर्सत नहीं थी, वह खुद उस क़ब्र पर से रेत हटा रहा था...

क़ब्र खुली तो डाची के सवार ने पहले सस्सी के शरीर को सजदा किया, फिर अपने वस्त्र उतार कर उसके पैरों में रख दिए, "मेरे भाइयों ने दग़ा की थी, सस्सीये! जब मुझे होश आया, तो मैं अपनी वफ़ा निभाने के लिए लौट आया हूं..."

और पुन्नू जिस कटार के ज़ोर से अपने भाइयों के साथ लड़ कर वापिस लौटा था, वहीं कटार अपनी छाती में भोंक कर सस्सी की क़ब्र में गिर गया...

गडरिया हैरान...कब्र को ढंकता हुआ उस कब्र पर दीये की लौ की तरह कापंने लगा...

आज की प्रेम गाथाएं

वेद राही

वेद राही मेरे और इमरोज़ के बरसों के दोस्त हैं। डोगरी भाषा में उन्होंने कई प्यारी कहानियां लिखी हैं और हिन्दी में कई फ़िल्में बनाई हैं, जिनमें वह एक नज़रिया और क़दरो-कीमत लेकर चले हैं। बहुत सादा तबियत हैं, इसलिए जब मैंने कहा कि वह किसी उस लम्हे की बात लिख दें, जो उनकी दीवानगी को छू गया हो और उन्हें कोई रूहानी तस्कीन दे गया हो, तो वह हंसे, कहने लगे, "हां, एक लम्हा ऐसा था, जो आज तक एक साए की तरह मेरे साथ रहता है। अच्छा, लिख दूंगा।" और उन्होंने सहज मन उस लम्हे की बात लिख दी।

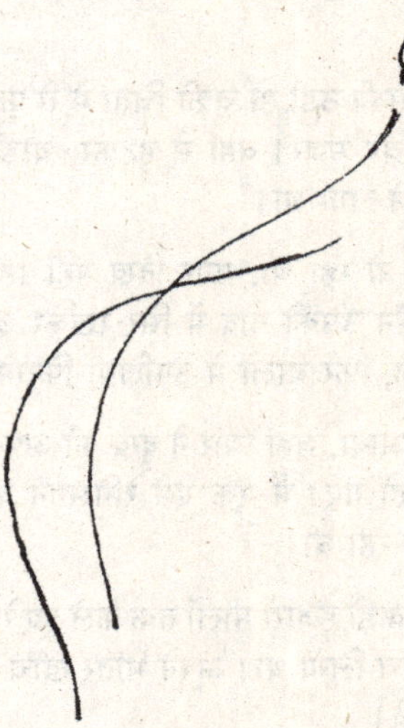

वेद राही की कलम से...

वह एक लम्हा

ट्रेन तेज़ी से भागी जा रही थी, उस छोटे से कूपे हम दो ही थे। चुप थे। लगता था मां के मरने की ग़म हमारे साथ-साथ चल रहा था। उस छोटे से कम्पार्टमेंट में वह ग़म भरा हुआ था, और कुछ नहीं था वहां, शायद हम भी नहीं थे।

मुझे याद आ रहा था चंद बरस पहले जब मैंने मां से अहंकार भरे उत्साह में कहा था, "मैंने बम्बई में अपना फ़्लैट खरीद लिया है।" तो वह एकदम बोली थी, "तब तुम समय पर नहीं पहुंचोगे।" और मैं तमाम कोशिशों के बावजूद समय पर नहीं पहुंच सका था।

मैं पहुंचा था जब उसकी ठंडी हो चुकी चिता में से फूल चुने जा रहे थे। मुझसे बर्दाश्त नहीं हो सका था वह मंज़र। वहां से हटकर, थोड़ी ही दूर नदी के किनारे जाकर मैं धाड़े मार कर रोने लगा था।

मैं अब भी वैसे ही रो रहा था, मगर दिख नहीं रहा था कि मैं रो रहा हूं। दर्शी मेरे साथ बैठी थी। मैंने उसकी गोद में सिर रखकर आंखें बंद कर लीं, उसने मेरे माथे पर हाथ रख दिया, फिर बालों में उंगलियां फिराने लगी।

फिर वह लम्हा भी आया, जहां प्यार ने दुख को अपनी बांहों में समेट लिया। प्यार और दुख एकाकार हो गए। मैं एक ऐसे रेगिस्तान की सरहद पर खड़ा था, जहां मूसलाधार बारिश हो रही थी।

घनघोर बादलों ने सैकड़ों हज़ारों मीलों तक फैले हुए रेगिस्तान को अपनी बांहों में समेट लिया था। उसे भींच लिया था। अपने भीतर खींच लिया था। बाढ़ के रेलों ने सभी किनारे तोड़ दिए थे।

कुछ देर के बाद मेरी आंखों में आंसू भी थे, मैं शांत भी था, पूर्ण तृप्त भी।

प्यार को वह लम्हा, इतने बड़े दुख को अपना बनाकर, अंतहीन हो गया था।

गुलज़ार

गुलज़ार जी की नज़्मों का एक मजमुआ जब पाकिस्तान में शाया हुआ 'चांद पुखराज का' तो मैंने एक लम्बा मज़मून लिखा था–'सूक्ष्म तरंगों से बुनी हुई नज़्में'। उनकी फ़िल्मों में भी उनकी शायरी एक गहराई को लिए हुए होती है। अब जब मैंने तक़ाज़ा किया कि वह मोहब्बत के किसी उस लम्हे की बात लिख दें, जो आज तक उनके दिल में धड़कता है, तो हंस कर कहने लगे, "ऐसे बहुत से लम्हे हैं, कितने लिखूं?" मैं भी हंस दी, कहा–"आप जितने चाहें लिख दें।" ख़ैर, उन्होंने अपनी उठती जवानी की एक घटना को नज़्म की सूरत में लिख दिया। जाहिर है कि वह घटना कहीं आज भी उनकी चादर में एक सिलवट की तरह पड़ी होगी।

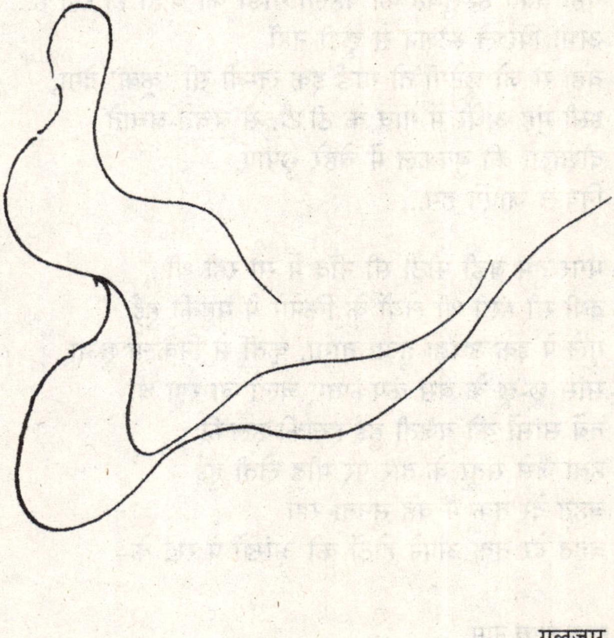

गुलज़ार की कलम से...

छुट्टियां गर्मियों की थीं और गांव में,
बुज़ुर्गों के कमरे से होता हुआ
सहन पार कर के,
सीढ़ियों से गुज़र के,
दबे पांव छत पे चला आया था मैं...

मैं आया था तुमको जगाने, चलो भाग जाएं,
अंधेरा है और सारा घर सो रहा है
यही वक़्त है–सुबह की पहली गाड़ी का वक़्त हो रहा है...
अभी पिछले स्टेशन से छूटी नहीं
वहां से जो छूटेगी तो गार्ड इक लम्बी सी 'कूक' देगा,
इसी मुंह अंधेरे में गांव के टी.टी. से बचते-बचाते
दोशालों की बुक्कल में चेहरे छुपाए,
निकल जाएंगे हम...

मगर तुम बड़ी मीठी सी नींद में सो रही थीं...
दबी सी हंसी थी लबों के किनारे पे महकी हुई
गले पे इक उधड़ा हुआ तागा, कुर्ती से निकला हुआ
सांस छू-छू के बस कंपकंपाए चला जा रहा था
तर्बे सांसों की बजती हुई हलकी-हलकी
हवा जैसे संतूर के तार पर मीढ़ लेती हुई
बहुत देर तक मैं वह सुनता रहा–
बहुत देर तक अपने होठों को आंखों पे रख के–

तुम्हारे किसी ख़्वाब को प्यार करता रहा मैं,
नहीं जागीं तुम, और मेरी जगाने की हिम्मत नहीं हो सकी,
लौट आया...

सीढ़ियों से उतर के,
बुज़ुर्गों के कमरे से होता हुआ

मुझे क्या पता था कि मामू के घर से उसी रोज़–
वह तुमको ले जाएंगे...
तुम्हें छोड़ कर ज़िंदगी इक अलग मोड़ मुड़ जाएगी...

राजहंस

राजहंस जी मेरे और इमरोज़ के बरसों के दोस्त हैं। उनकी एक लम्बी उदासी को कुछ क़रीब से देखा है, हर घटना एक करवट लेती हुई देखी है, फिर भी मैं चाहती थी कि अहसास भी उन्हीं की हो, अल्फ़ाज भी उन्हीं के, इसलिए मेरे कहने पर उन्होंने वह दास्तान लिख दी, जिसकी सूक्ष्म तरंगें आज भी उनके मन पर लिपटी हुई हैं।

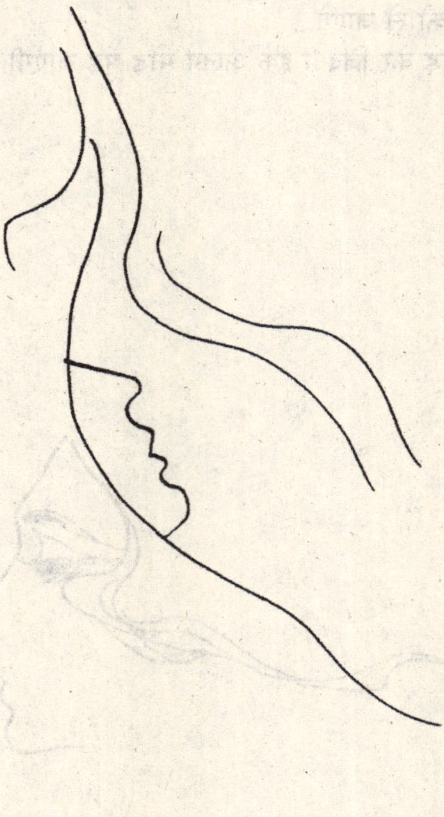

राजहंस की ज़बानी...

पूजा वाला दीया

वह दीवाली वाला दिन था। गहरी संध्या उतर आई थी, जिस समय वह आई। सबसे पहले उसने पूजा का दीया जलाया, फिर सारे घर में मोमबत्तियां जगा दीं...मैं कभी उसे देख रहा था, कभी अपने घर को...

वह पहला दिन था, जब मेरे भीतर से कहीं, मेरी मोहब्बत, पूजा के दीये की तरह जल उठी...

लगभग दो महीने पहले मेरी उससे मुलाकात हुई थी, फिर फ़िल्म प्रोड्यूसर के दफ़्तर के सामने। वहां एक दोस्त मिल गया, जिसने पूछा–राजहंस जी, आपकी फ़िल्म की शूटिंग चल रही होगी? मैंने कहा–लगभग ख़त्म हो रही है। उस समय उसने मुझे एक लड़की से वाकिफ़ करवाया, कहा–'बहुत अच्छे खानदान की है, मैं लाहौर के दिनों से इस खानदान को जानता हूं। लड़की को फ़िल्म में काम करने का शौक़ है, पूना से ट्रेनिंग भी ले चुकी है, हालांकि इसके चाचा जी वाइस चांसलर हैं, पिता एक सरकारी अफ़सर, पर यह फिल्म लाइन में जाना चाहती है, आप इसे किसी अच्छे डाइरेक्टर या प्रोड्यूसर से वाकिफ़ करवा दीजिए।'

उस समय लड़की की मां भी उसके साथ थी, जिसने कुछ नामों की सूची बनाई हुई थी, लड़की को उनके साथ परिचित करवाने के लिए। मैंने दूसरे दिन एक अच्छे डाइरेक्टर के साथ वाकिफ़ करवा दिया, जिसने अपनी अगली फ़िल्म में कोई अच्छा रोल देने का इकरार कर दिया...

वे दोनों बंबई में किसी के घर पेइंग गेस्ट थीं और मां को हफ्ते के बाद वापिस जाना था, इसलिए मुझे ताकीद कर चली गईं। मैं उसे दूसरे-चौथे दिन किसी प्रोड्यूसर के दफ्तर में ले जाता, जहां वह बात करती, पर मैं बाहर अपनी गाड़ी में बैठा रहता कि वह जब मिल कर वापिस आएगी, मैं उसे वहां छोड़ आऊंगा, जहां वह ठहरी हुई थी...

एक बार नहीं, दो बार नहीं, हर बार ऐसा हुआ कि वह किसी के दफ्तर से

जब भी आती, मेरी गाड़ी में बैठ कर रोने लग जाती। कहती–ये लोग अच्छे नहीं हैं, मुझे रोज़ आने के लिए कहते हैं, शाम को भी... वह मुझे बहुत अच्छी लगने लगी, पर अपना अहसास मैंने अपने पास ही रखा था।

वह कभी हैरान होकर मुझसे पूछती, "आप इस लाइन में किस तरह आ गए? आपका कुछ भी गलत मैंने नहीं देखा..."

और मैं सोचने लगा, मैंने जिसका इंतजार करते आज तक विवाह नहीं किया, यह ज़रूर वही लड़की है...

कई बार उसने वापसी पर मेरे घर आकर खाना भी पकाया, बड़ी सादा तबीयत थी। हालांकि मैं जानता था कि उसके मां-बाप का रहन-सहन अमीरों वाला है...

उस दीवाली वाली रात भी उसने खाना बनाया, हम बातें करते रहे, और मैंने जाना कि उसके मन में बड़ी कशमकश है। फ़िल्मों में काम करने का इश्तियाक़ भी बहुत है, और उस लाइन की कई बातें भी उसे नागवार हैं...

उस रात बातें करते हुए वह फिर रोने लगी, और जहां, कृष्ण की मूर्ति के सामने उसने पूजा का दीया जलाया था, वहां बैठ कर प्रार्थना करने लगी...

वह पहला पल था, जब मैंने उसके गिर्द बांहें लपेट कर उस रोती हुई को चुप करना चाहा, तो वह मेरी छाती से लिपट कर कहने लगी–आप मुझे इस जंजाल से निकाल सकते हैं?

मैंने पूछा–किस तरह?

वह कहने लगी–"जब हम फिल्में बनाएंगे, मैं उन फिल्मों में काम करूंगी..."

उसका यह फिक़रा था, जिसका 'हम' लफ़्ज मेरे दिल पर लिखा गया... घर की दरो-दीवार पर लिखा गया...

मुझे अपनी ज़िंदगी की सबसे बड़ी हसरत याद आई। मैं दिल्ली में मंच का माना हुआ कलाकार था, इसलिए दिल्ली छोड़ कर बंबई आया था, फ़िल्मों में काम करने के लिए, पर समय ने कुछ इस तरह के झमेले डाल दिए थे कि मैं कलाकार होने की जगह प्रोड्यूसर हो गया और मेरी हसरत मेरे मन में रह गई। लगा–अगर इसकी हसरत मेरी तरह मन में रह गई, तो कभी खुश नहीं होगी। उस समय मैंने सोचा भी और कहा भी कि अब जब नई फिल्म शुरू करूंगा, वह उस फिल्म की कलाकार

होगी...उसके बाद वह किसी प्रोड्यूसर के दफ़्तर में नहीं गई और उसे एक दिन बड़ी शिद्दत से अहसास हुआ कि अगर वह मां-बाप की इजाज़त लेगी तो वे कभी भी मेरे साथ उसका विवाह नहीं होने देंगे। इसलिए हमने आर्य समाज मंदिर में जाकर विवाह कर लिया। मेरी एक बहन बंबई में है, वह, उसके सब लोग, और मेरे कुछ नज़दीकी दोस्त उस विवाह में शामिल हुए। उसने मां-बाप को ख़त लिख दिया कि मैंने जो रास्ता चुनना था, चुन लिया है, मुझे अपना आशीर्वाद दो!

और हम दस दिन के लिए कश्मीर चले गए। अपने मन के खिले हुए पत्ते-पत्ते को कश्मीर की हरियाली में मिलाने के लिए...

उन दिनों मेरा सारा पैसा फ़िल्म में लगा हुआ था, मेरे पास मुश्किल से दो हज़ार रुपये थे, पर हम उन घड़ियों के बादशाह थे....

मैं उसे दिल्ली भी ले कर गया, अपने मां-बाप के पास। उसने जिस तरह मेरी मां के पांव छुए, मेरी मां ने उसे छाती से लगा लिया। वापिस लौटे तो उसके पिता जी का ख़त आया हुआ था कि बेटी जो सदमा तूने मुझे पहुंचाया है, वह मैं सारी ज़िंदगी नहीं भूल सकता...

पर यह ख़त पढ़ कर वह उदास नहीं हुई, कहने लगी कि यह ज़िंदगी मैंने चुनी है, मैं निभाऊंगी...

कुछ समय बाद उसके पिता जी अपनी बदली करवा कर बम्बई आ गए। हम दोनों उनके पास गए, मैंने माफ़ी मांगी कि मैंने उनकी इजाज़त नहीं ली थी, पर अब आशीर्वाद मांग रहा हूं...

लगा कि उन्होंने हंस कर माफ़ी दे दी है...

अगले कुछ महीने ठीक गुज़रे, सिर्फ इतना हुआ कि वह दो-दो, चार-चार दिन जाकर अपने माता-पिता के पास रहने लगी।

पर एक दिन जब मैं घर आया–देखा, वह घर में नहीं थी, न उसका कोई सामान था। मैं हैरान सा उसके मां-बाप के घर गया, पर मुझे मिलने नहीं दिया गया। कहा गया–'वह अपनी मर्ज़ी से आई है, इसलिए अब मिलने की ज़रूरत नहीं...'

क़रीब हफ़्ते भर बाद वह अचानक एक बाज़ार में मिली, उसके साथ कोई सहेली थी, और मुझे मिल कर रोने लगी। कहने लगी–'परसों दोपहर के समय गाड़ी ले कर आ जाना, उस समय मैं घर में अकेली होऊंगी, और मेरा सामान गाड़ी में रख कर मुझे ले जाना।'

इसी तरह हुआ। वह फिर आ गई, पर कभी बैठी-बैठी कहती, 'क्या हमने

शादी करने में कोई जल्दबाजी की है? अब मेरा कैरियर नहीं बनेगा।' लगता, आवाज़ उसकी होती थी, पर सोच उसकी नहीं होती थी...मेरी तक़दीर मेरे साथ नहीं चल रही थी, मेरी फ़िल्म ठीक से रिलीज़ नहीं हो रही थी, इसलिए किसी नई फ़िल्म की बात दूर-दूर होती जा रही थी...

एक दिन घर में एक टेप का गीत बज रहा था, रेशमा की आवाज़ में–हाय वे रब्बा नहीं लगदा दिल मेरा...और वह रोती-रोती सारा दिन वही टेप सुनती रही...और फिर कई-कई दिनों के लिए, मां-बाप के पास जाकर रहने लगी। वह अमीर घर था, जिसके वाक़िफ़कारों का दायरा अमीर लोगों का दायरा था...

मुझे दिख रहा था कि दीवाली वाली रात की सभी मोमबत्तियां एक-एक कर बुझ रही थीं, पर एक दीया था, वह पूजा वाला, मेरी मोहब्बत वाला, जो जल रहा था...

अचानक एक वकील ने कुछ कागज़ दिए कि मैं दस्तख़त कर दूं, तलाक़ के लिए, नहीं तो मुझ पर बड़े-बड़े इल्ज़ाम लगाए जाएंगे...उन दिनों में वह अपने मां-बाप के घर थी। मैंने सिर्फ इतना कहा–हमने मिलने की बात सिर्फ़ दोनों ने की थी, उस समय हमारे दरमियान कोई तीसरा नहीं था। अब बिछुड़ने वाली बात भी–दोनों के दरमियान होगी, जहां कोई तीसरा नहीं होगा...

वह मिली, कहने लगी–तलाक चाहिए। और मैंने उसी पूजा वाले दीये के सामने बैठ कर उसने जहां कहा, दस्तख़त कर दिए...

फिर कई दिन ऐसे आए, मुझे अपना होश खो गया लगता था। मन करता था, अपनी मुहब्बत का दीया भी बुझा दूं, और अपनी ज़िंदगी का दीया भी...

एक संध्या बहुत तकलीफ़देह थी। उस संध्या में शराब पीता रहा, और जब सब कुछ बुझने वाला था। कानों में आवाज़ आई–राजू!

वह मुझे राजू बुलाती थी। मुझे लगा, वह फिर से आ गई है। दरवाज़े की घंटी भी बज रही थी, मैंने उठ कर दरवाज़ा खोला, मेरी बहन थी, और उसका पति। वे किसी और लड़की का रिश्ता लेकर आए थे...

ख़ैर, और कोई रिश्ता न होना था, न हुआ, पर मेरे अंदर एक अजीब अहसास हुआ कि इतने कड़े वक़्त में उसकी आवाज़ कहां से आई थी?

विवाह के समय एक बड़ी प्यारी साड़ी जो मैंने उसके लिए खरीदी थी, वह अभी तक उसी तरह अलमारी में पड़ी हुई है...

और वह गुसलखाने में जाकर नहाने के समय माथे की बिन्दी उतार कर

जिस ताक़ पर लगा दिया करती थी, वहां वह बिंदी अभी तक उसी तरह लगी हुई है...

और अजीब बात कि जब मेरी मां मरने वाली थी, मैंने किसी तरह उसे कहलवा भेजा कि मां को अगर हमारे तलाक़ का पता चला, तो वह मरने से पहले मर जाएगी, तू मेरे साथ एक दिन के लिए दिल्ली चल कर मां को मिल ले, और वह आ गई थी। मेरे साथ दिल्ली गई, उसी तरह उसने मां के पैर छुए, जैसे कुछ भी नहीं हुआ था...मां ने करवा चौथ का शगुन दिया, उसने वह भी क़बूल लिया।

और अब कई बरस हो गए हैं, मेरे घर की मोमबत्तियां बुझ गई हैं, पर पूजा वाला दीया अभी भी जल रहा है...

देवेन्द्र

देवेन्द्र मेरे और इमरोज़ के बरसों के दोस्त हैं, इसलिए मैं जानती थी कि मोहब्बत की पहली चिनगारी की बात बरसों से उनके अन्तर में कहीं पड़ी हुई है–कुदरत की एक अमानत की तरह, लेकिन ऐसी अमानत जो उनकी ज़िंदगी में कभी दखलन्दाज नहीं हुई, और न कभी उसका ज़िक्र उनकी ज़बान पर आया...

ज़ाहिर है कि अगर मज़हब को बदलने का सवाल बीच में हाइल न होता, तो उनकी ज़िंदगी कोई और करवट ले लेती...

ज़ाहिर है कोई वाक़या नहीं हुआ, लेकिन उस ख़लिश का कोई क्या करे, जो ख़ुद को मंजूर भी होती है और ना-मंजूर भी...

और उस सोई जागती ख़लिश की बात मेरे कहने पर उन्होंने पहली बार लिखी है। कहना होगा कि उस कसक़ को ज़िंदगी तो नसीब नहीं हुई, पर अब काग़ज़ नसीब हुआ है...

देवेन्द्र की क़लम से...
दिल का दीया–मस्तक की लौ

पहली बार मैंने उसे देखा, तो एक कंपन सा बदन में उतर आया...

मैंने ध्यान ही नहीं दिया था कि वह इतनी सुंदर है...इतनी कि दिल में कहीं आग सी सुलग उठी...

वह कौन थी, बताते हुए दिल डरता है, लज्जा सी आती है। वह मेरी मां, अपनी बीबी जी थीं। इस तरह की हालत बड़ी मां, बड़ी दादी मां को ग़ौर से देखने पर भी हुई थी। बहुत यत्न से मन को समझाया कि यह ठीक नहीं है। मां और बीबी जी खूबसूरत नहीं, अच्छी होती हैं, सिर्फ अच्छी।

एक दिन बशीरा जबरन मुझे अपने घर ले ही गया। मैं कभी उसके घर नहीं गया था, पर जब उसने कहा, "ओए दिंदी, मैं तुम्हारे घर आकर खेलता हूं या नहीं? मैं बड़ी बेबे के साथ और मौसी के साथ बातें करता हूं या नहीं...तुम भी आज मेरे घर चलो, चाहे थोड़ी देर के लिए। मेरी बेबे और अनवरी आपा मुझे छेड़ती हैं, भई, अगर वह तुम्हारा दोस्त है, तो तुम्हारे घर क्यों नहीं आता? चल अभी चल..."

मेरे पास कोई जवाब नहीं था, सो...

डरते-डरते हुए सीढ़ियां चढ़ा, मिट्टी का मकान था, कच्ची दीवारें थीं, पर ताज़ा-ताज़ा लिपा-पुता लगता था। कपड़े खिड़कियों के दरवाज़ों पर सूखने के लिए डले हुए थे। फ़र्श कच्चा था, पर ताज़ा लिपा-पुता हुआ था। खिड़की के पास चिराग बी, उसकी मां, बैठी हुई कुछ आहिस्ता-आहिस्ता गुनगुना रही थी, और गाते हुए आगे-पीछे हिल भी रही थी, शायद तिलावते क़ुरान कर रही हो!

कमरे के बीच में मिट्टी के ताजा लिपे-पुते फ़र्श पर कोई लेटा हुआ था, गुच्छा सा होकर, जैसे रेशम की गांठ पड़ी हो। यह सुनहरे बालों वाली अनवरी मलिक थी, जिसने मर्दाना बनियान पहनी हुई थी, मुंह पर बाल घिरे हुए थे, और वह गहरी नींद

सोई हुई थी, बशीरा बोला, "बेबे, देख हमारे घर कौन आया है...बहुत भूख लगी है, खाना दे दे...दोनों भाई खाएंगे..."

चागां उर्फ चिराग़ बी ने जल्दी से तिलावत खत्म की और उठ कर मुझे अपने साथ भींच लिया, फिर चंगेर उठा कर नीचे चली गई।

शोर सुन कर अनवरी भी जाग गई, आंखों में अभी भी नींद का खुमार था, मुझे देख कर जल्दी से दुपट्टा ले लिया, और मेरी ओर देख कर शर्माई भी, और मुस्कराई भी। फिर जल्दी-जल्दी सबसे ऊपर वाली छत की सीढ़ियां चढ़ गई...और हम दोनों अकेले रह गए। बशीरा आज बहुत खुश था, कहने लगा, "आज मेरी मुराद पूरी हुई कि तुम हमारे घर आए हो।"

वैसे तो मौसी चिराग़ बी लम्बी-ऊंची और तीखे नैन-नक्श वाली औरत थी, कभी तो बहुत सुंदर होती होगी,...पर अनवरी तो हर तरह से हर ओर से क़ुदरत का शाहकार लगी। दिल के अंदर कहीं फिर उसी लपट ने सिर उठाया। मस्तक जल उठा।

चिराग़ बी आ गई, चंगेर में बहुत सी बेसन की तंदूरी रोटियां थीं, वह दही मक्खन और लस्सी का डोलू भी ले आई थी। बेसन के खमीर उठे आटे की रोटियां बिल्कुल ताज़ी, मोटी, जिन पर उसने बहुत सी मक्खन लगा कर उन्हें और भी लज़ीज़ बना दिया था–भूख मेरी भी जाग उठी थी। रोटियों को देखकर अनवरी का ख्याल भी आया और भीतर कुछ रोशनी सी हो गई। मैंने बड़ी मुश्किल से इस ख़्याल को परे किया। गर्म-गर्म रोटियां सचमुच बहुत ही लज़ीज थीं। हम दोनों खाने लगे। चागां मौसी हम दोनों को खाते देख कर खुश थी।

मैंने पहला कौर तोड़ा ही था कि आवाज़ आई, "बेबे, इस काफ़िर को मुसलमान बनाने लगी हो, यह तो किसी के साथ बात करने में भी हतक समझता है।"

लपट सी जलती बातें थीं, गालियां थीं अनवर की, पर तंदूरी खमीर उठे आटे और मसालेदार बेसन में गुंधी रोटियों का स्वाद आ गया। गर्म रोटियों का भी, बातों का भी, और गर्म कुरकुरी गालियों का भी..

सारा बदन रोशन हो गया...बेबे तो हमें खिला कर ही खुश थी, पर अनवरी के तान, खत्म नहीं हो रहे थे...बशीरा कभी अपनी बहन की ओर कभी मेरी ओर देख रहा था। कहीं कोई दीया भड़क उठा था। मस्तक जल उठा था। दिल बिलख उठा था। मैं मन को समझा रहा था–'अरे कम्बखत ! बशीरे की बहन और तेरी बहन

में क्या फ़र्क़ है...आराम से बैठ...' पर मन था कि बिलखता रहा। छोटे होते को मां जब भी मेले में ले जाती, तो मिट्टी के रंग-बिरंगे खिलौने, आवाजें लगाते, संकेत करते, मन ललचा उठता, और मां हाथ से पकड़ कर घसीटते हुए बहलाती, "अरे, पहले माथा टेक ले, गुरू का प्रसाद ले ले...फिर खिलौने भी देख लेंगे..."

"यह हमारे घर आना पाप समझता है, और हमारे साथ बात करना... कुफ़्र..." अनवरी जाने क्या-क्या कहती रही बशीरा जाने क्या-क्या सुनता रहा और क्या-क्या समझता रहा...

मेरा बार-बार मन किया, कहूं, "अनवरीए, ख़ुदा की क़सम तुम बहुत खूबसूरत हो, तुम्हारी बातें बहुत ज़ायक़ेदार हैं...पर आज तुम बड़ी मां जैसी कड़वी-क़सैली क्यों हो गई हो? किसी राजे की रानी ने मेरे पूर्वजों पर तांत्रिक मठ चलवाई और उन्हें मार दिया...पर मैं...मैं तो किसी बात पर भी तेरे जैसा नहीं...तो भी पता नहीं यह एक लपट सी क्यों जली जा रही है...काश कोई इसे फूंक मार कर बुझा दे...पानी का छींटा देकर बुझा दे!

उसी रात कोई मुझे कच्ची सी नींद में कह रहा था, "ओ काफ़र! मैं सारी हयात तेरे साथ-साथ चलूंगी। कभी महबूब बन कर, कभी दोस्त, और कभी हमसफ़र बनकर...तुम मुझमें औरत के कई रूप देखोगे–बहन, दादी मां, महबूब और बीबी का...और वह रूप भी जो जादू से किसी का दिल निकाल लेता है...

तुम खिलौनों के साथ खेलना छोड़ दो। आजकल के खिलौने ज़िंदगी से प्यार-मोहब्बत की ओर इशारा नहीं करते, युद्ध और मौत का रूप हो गए हैं।

मुझे जब बशीरे ने कुछ दिनों के बाद कहा, "अरे काफ़िरा, तू सिर्फ़ मुसलमान हो जा, अनवरी तेरी हो जाएगी..."

यह सुनकर मैं सोच में पड़ गया और सोचने-सोचने में ही कई बरस गुज़र गए, पर यह बात निश्चित है कि एक काफ़िर के मन-मस्तक में आज भी ईमान की आग जलती है...

दस क़दम

जब मैं हंगरी गई थी, वहां बहुत से शायरों से मुलाकात हुई, जिनमें एक विहार बेला थे। उनकी एक लंबी कविता है 'सिपाही की वापसी', जो उनकी ज़ाती ज़िंदगी के बहुत मुश्किल दिनों की लिखी हुई, एक तरह की आत्मकथा है, उन्होंने मुझे बताया कि जंग के दिनों वह एक दूर महाज़ पर थे, जहां उन्हें जंग ख़त्म होने का पता बहुत दिन नहीं मिल सका। जब मिला, तो वे वापिस आने के लिए बहुत अकेले पड़ गए थे। रास्ता दुश्वार था, और वे अकेले थे। उस समय उन्होंने मुश्किल वक़्त को आसान करने के लिए दस-दस क़दम उनके नाम चलने शुरू किए, जो उन्हें ज़िंदगी में बहुत प्यारे थे, उनके दिल के क़रीब थे। लेकिन रास्ता बहुत लम्बा था। फिर उन्होंने दुनिया के हालात का और इतिहास का ज़ायज़ा लेते हुए नज़्म भी आगे बढ़ाई, और अपने कदम भी...

वे एक बहुत प्यारे दिल के मालिक थे, मैंने उनके पास बैठ कर उनकी बहुत लम्बी आत्मकथा से कुछ पंक्तियां अपनी ज़ुबान में अनुवाद कीं, जिन्हें मैं हिन्दुस्तान लौट कर अपनी कई तक़रीरों में, लोगों को सुनाती रही। उस नज़्म की कुछ पंक्तियां हैं–

रास्ता बहुत लम्बा है–और बहुत मुश्किल
पर पहले दस कदम मैं अपनी मां के नाम चलूंगा।
फिर दूसरे दस कदम अपनी प्रिया के नाम पर।
तीसरे दस कदम–अपने घर की दहलीज़ के नाम पर
और चौथे दस कदम–बहुत प्यारे मित्रों के नाम पर
पांचवें दस कदम उन किताबों के नाम पर–
जो अभी मैंने पढ़नी हैं
और दस कदम–सेब के पेड़ पर आने वाले फूलों के नाम पर
और दस कदम–उन वर्षों के नाम पर
जो अभी मेरी बीवी की कोख में सो रहे...

और दस कदम–
पैरिस और वीनस की हसीन गलियों के नाम पर
और दस कदम माईकल एंजलो की कला कृतियों के नाम पर
और कई दस दस कदम–उस सुबह के लिए
जिसने इस दुनिया को अमन देना है...
और दस कदम–उस ज़हर के प्याले के नाम पर
जो मेरे सुकरात ने पिया था कभी
और दस कदम–उन बेगुनाहों के नाम पर–
जो कहीं भी, और कभी भी फांसी पर लटका दिए गए...

और अब इन दिनों उस बहुत लंबी नज़्म का हवाला देते हुए, मैंने अपने कुछ शायरों, अदीबों से कहा कि मुश्किल वक्त तो हर इन्सान की ज़िंदगी में आते हैं, आप, ऐसे वक़्त में किस-किस के नाम पर दस-दस कदम चलते हुए, उस मुश्किल रास्ते को झेलना चाहोगे?

मेरा यह प्रश्न था कि कुछ एक दिल वाले लोगों के अंतर में एक तूफ़ान सा उठ आया। और कुछ एक ने बड़े अलग नज़रिए से उसे कलम बंद किया, और मुझे भेज दिया। जाहिर है कि उनमें से कुछ एक, मन की उन गहराइयों में से लिखे हुए हैं, कि अगर यह प्रश्न उनके सामने ना होता, तो शायद अपने दिल के बहुत करीब पड़ी हुई बातें का वे कभी किसी से ज़िक्र तक न करते...

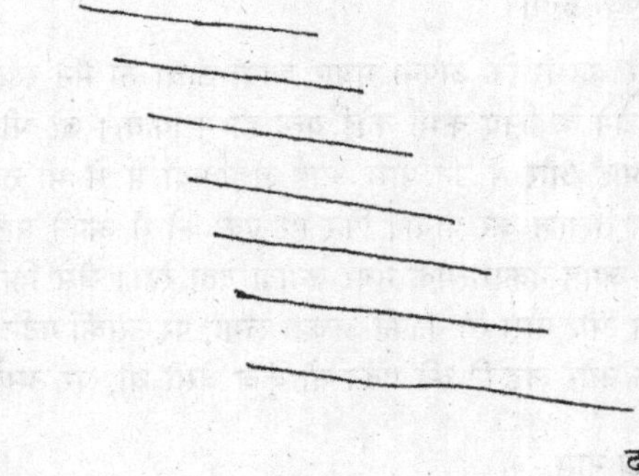

इलियास घुम्मण

यहां लाहौर के एक माने हुए कहानीकार इलियास घुम्मण की क़लम से लिखी उनकी दास्तान दे रही हूं–

दस क़दम उनके नाम, जिन्हें मैं मोहब्बत नहीं कर पाया

जवानी आने से पहले ही खुमारी आने लग जाती है, और फिर क़िस्से-कहानियां भी बनने लग जाते हैं। ऐसे दिनों की बातें मेरी ज़िंदगी पर ज़्यादा प्रभाव नहीं डाल सकीं, पर आज उन्हें याद करने को मन ज़रूर कर आया है। इससे पहले मैं यह स्पष्ट कर देना चाहता हूं कि इन सतरों के लिखने तलक मुझे न तो किसी लड़की या औरत से मोहब्बत हुई है, और न ही कोई मुझे मुक़म्मल तौर पर मुतअसिर ही कर पाई है। इसमें भी मुझे अपना ही क़सूर ज्यादा लगता है। जब मेरी ज़िंदगी में ऐसे दिन शुरू हुए थे, तो मेरे मन में यह ख़्याल हावी हो गया था कि जिस तरह इस उम्र में बहुत से लड़के-लड़कियां किसी-न-किसी से प्यार कर लेते हैं, मुझे भी ज़रूर किसी से मोहब्बत हो जाएगी। मुझे यह भी ख़्याल आता था कि मेरी महबूब सूरत और सीरत में कइयों से अच्छी होगी।

मेरा क़सूर यह है कि अपना मयार इतना ऊंचा तो मैंने रख लिया, पर इस निशाने तक पहुंचने के लिए कभी कोई यत्न ही न किया। जो भी मिलीं वह खुद ही मेरे क़रीब आईं और मैं उन पास आई लड़कियों में से भी तन और मन की पूरी खूबसूरती न तलाश कर पाया। फिर हर एक को मैं अपने मापदण्ड के सामने सकारात्मक की जगह नकारात्मक नंबर ज़्यादा देता रहा। जैसे कि एक लड़की के लम्बे-लम्बे बाल और गोरा रंग काफ़ी अच्छा लगा, पर उसकी गर्दन बहुत छोटी थी, इसके उलट एक और लड़की की गर्दन तो कूंज जैसी थी, पर उसके नैन-नक्श मेरे

मन को भाए नहीं थे। उस समय पहली बार मुझे अपने 'खुदा' न होने पर बहुत अफ़सोस हुआ। अगर मैं खुदा होता, तो ज़रूर मैं लम्बे बालों वाली का सिर उतार कर लम्बी गर्दन पर रख देता। नैन-नक्श, मुंह-मुहांदरे और शरीर के अंगों की खूबसूरती को सामने रख कर मैं अपनी सोचों के बल से ज़रूर ख़ुदा बना रहता। इर्द-गिर्द दिखने वाली कई लड़कियों के ख़्यालों-ख़्यालों में ही टुकड़े कर एक अपनी मन मर्ज़ी की मूरत गढ़ता रहा।

फिर एक दिन अजीब वाक़िया हो गया। मेरी बनाई उस सूरत जैसी एक लड़की मुझे दिख गई। एक दूसरे को पसंद करने वाली नज़रों का तबादला भी हुआ। उस लड़की की बड़ी बहन हमारे गांव में ब्याही हुई थी और वह, उससे मिलने के लिए वहां आई हुई थी, एक बार तो मैंने समझा कि बात बन जाएगी, पर फिर मैंने अपनी आखों से उस लड़की को गांव के और कई लड़कों के साथ भी वैसी ही नज़रों की अदला-बदली करते हुए देखा। पहले तो मैंने इस बात को उसकी उम्र का तकाज़ा समझ कर अपने पैरों पर हो जाने का सोचा, पर फिर उसके कई तक़ाज़ों की बातें भी सुनने को मिल गईं, और इस तरह वह हमेशा के लिए मेरे मन से विदा हो गई। इस लड़की से मन हट जाने के बाद, मैं इस नतीजे पर पहुंचा था, कि सिर्फ सुंदर-सुंदर अंग जोड़ लेने से ही मर्ज़ी की मूरत नहीं मिलती, उसके मन-मस्तिष्क के भीतर पड़े मोह को तलाश करना होगा। इसके बाद भी कई और लड़कियां मेरे क़रीब आकर हमेशा के लिए विदा हो जाती रहीं। उनसे यह दूरी पैदा करने की ज़िम्मेदारी भी अधिकतर मेरे उपर ही आती थी।

कच्ची उम्र की इन सोचों को जब आज मैं कुरेदता हूं और अपने आपको जानने के लिए कुछ बीती हुई बातें मेरी मदद करने आ जाती हैं। मैं पहली बार यह बात पाठकों के साथ साझा कर रहा हूं कि कला के क्षेत्र में मैं एक चित्रकार के तौर पर आना चाहता था। मेरे प्राइमरी स्तर के स्कूल वाले साथी यह बात अच्छी तरह जानते हैं, कि मैं उस ज़माने में ही काफ़ी बेहतर स्केच बनाने लग गया था। मेरी तख़्ती पर क़लम से और स्लेट पर स्लेटी से बनाए कई नक्श निगार होते थे। यहां तक कि ज़मीन पर भी मूरतें बनाने में लगा रहता। चाहे शुरू-शुरू में मैं चिड़ियों, कव्वों और खरगोशों की मूरतें बनाया करता था, पर जल्दी ही मैंने इंसानी शरीर को भी कागज़ों, कापियों पर पेश करना शुरू कर दिया था। हाई स्कूल में जाकर तो मैं पानी और तेल वाले रंगों से मुकम्मिल चित्र बनाने लग गया था।

मेरा ड्राइंग का मास्टर तो मुझे सब सहपाठियों से ज्यादा नंबर देता था, पर हर समय हाथ रंगे रहने को देख कर मेरे मां-बाप बहुत फ़िक्र करते थे। उन्हें अनपढ़ होने के बावजूद पता नहीं कैसे यह पता लग गया था कि कला से जुड़े लोग ज़िंदगी में सुखी नहीं रहते, खासकर चित्रकारी में पड़ कर तो लड़के ख्वार होते हैं। मेरे

भविष्य की चिंता का इज़हार वह कई बार मुझसे भी कर चुके थे, पर मैं उसी रास्ते पर चलता ही चला गया। मेरे हाथों से बनने वाली तस्वीरों में निखार तो आता गया, पर सुंदर सूरत और अच्छे दिल-दिमाग वाली महबूब के लिए बन रहा मेरा तकाज़ा ऊंचे से ऊंचा होता चला गया। हाई स्कूल की आख़िरी क्लासों तक पहुंचते हुए मेरा चित्रकारी का यह जुनून एक नया रूप धारण कर गया। मेरे मन में अपनी मनमर्जी की मूरत के नैन-नक्श को हाथ लगा कर महसूस करने की ख़्वाहिश दिनों-दिन बढ़ती चली गई।

हमारे क़स्बे से थोड़ी दूरी पर एक बरसाती नाला बहता है। 'ऐक' नाम के नाले में आमतौर पर साल में चार-छः महीने ही पानी बहता नज़र आता है, और इन महीनों के बाद वह कितने-कितने समय सूखा ही रहता है और उसके बड़े-बड़े डूमों में भी पानी खड़ा हुआ दिखता है। ऐक की ओर मैं हर रोज़ सुबह और शाम सैर करने के लिए जाता था। एक दिन इसी तरह सैर करते हुए मैं ऐक के एक डूम के पास जा बैठा, तो अचानक मेरी नज़र किनारे के पास पड़े एक सूखे गिरे पेड़ पर पड़ी। मुझे ऐसे ही लगा, जैसे वह निरा पेड़ ही नहीं, उसकी बनावट मेरे मन की मूरत से कुछ-कुछ मिलती है।

मैंने किनारे से कुछ चिकनी मिट्‌टी खोद ली, और उसमें और पानी डाल कर उसे अच्छी तरह गूंधा। फिर इस गुंधी हुई चिकनी मिट्‌टी को हौले-हौले उस छोटे से पेड़ के पिंजर पर लीपने लगा। अगले चार महीने तक मैं यही करता रहा। अब उस सूखे पेड़ ने एक बहुत ही सुंदर औरत का रूप धारण कर लिया था। वह सिर्फ़ चेहरे और लम्बी गर्दन तक सीमित बुत ही था, पर उसके सारे नैन-नक्श, संवारने में मैंने बेहद मेहनत की थी। नाक, ओंठ, आंखें, गाल, ठोढ़ी को मैंने बहुत तमन्ना से बनाया था, शृंगारित किया था। इस बुत के सिर के पीछे भारी जूड़ा बना हुआ दिखता था, बल्कि सही बात तो यह है कि उसके सारे बाल ही मुझसे बहुत सुंदर बन गए थे। हर रोज़ क़रीब एक घण्टा उस बुत पर काम करके, वापिस आते समय उसे किनारे में बनाए एक खड्‌डे में छुपा आता था। मेरे घर वालों और बहुत नजदीक के मित्रों को भी नहीं मालूम कि एक बार में कितना सुंदर बुत बनाने में कामयाब हो गया था, इसलिए किसी को यह भी जानकारी नहीं कि उस बुत के साथ बाद में क्या बीती।

एक दिन मैं स्कूल से लौटा, तो देखा कि ऐक किनारों से बाहर बह रहा है। पता चला कि ऊपर के इलाकों में मूसलाधार बारिश हुई है, जिसका पानी इस नाले को दरिया बना गया है। ऊंची आवाज़ के साथ चिंघाड़ता और तेजी से बहता हुआ यह बारिश का ज़ोरावर पानी अपने साथ रास्ते में आने वाली बहुत सी वस्तुओं को बहा कर ले जा रहा था। पांच-सात दिनों तक नाला तो शांत हो गया था और उसमें

से बहता घुटने-घुटने गहरा पानी किसी बड़ी उम्र के बज़ुर्ग की तरह आहिस्ता-आहिस्ता चल रहा था, पर अब उसके उस डूम के पास वह बुत तो क्या, वह किनारा ही सलामत नहीं रहा था। बारिश के पानी ने अपने-अंधे ज़ोर से मेरे मन की सूरत को छुपाए बैठे उस किनारे का बहुत सारा हिस्सा गिरा दिया था।

उस समय मुझे ऐसा लगा, जैसे इस सारी हुई-बीती के पीछे खुदा का यह गुस्सा भी हो कि मैं उसकी बनाई मूरतों की अपेक्षा अपने हाथ से बनाई मूरतों को क्यों ज़्यादा पसंद करता हूं? कई बार मैं सोचता हूं, पानी में घुल कर चाहे उस बुत की सूरत तो और की और ही हो गई होगी, पर उसका भीतरी रूप आज भी ज़रूर पानी के किसी गहरे डूम में या किसी दरिया के किनारे के पास पड़ा होगा। मुझे यह भी यक़ीन है कि मैं उसे देखते ही पहचान लूंगा। अब उस बुत के चेहरे पर चाहे कितने बल या सिलवटें नज़र आएं, मैं उसे क़बूल कर लूंगा, और किसी अविश्वसनीय ऐक के किनारे छुपाने की जगह अपने घर ले आऊंगा।

बारहवीं का इम्तिहान देने से पहले ही मेरे साथ यह घटना बीत गई थी। जिसके बाद मैंने चित्रकारी भी छोड़ दी। मेरी आखों में ऐसी खतरनाक दवाई पड़ गई थी, जिसके कारण मेरी नज़र ख़राब हो गई थी। शुरू में तो ऐसा ही लगा था, जैसे मैं हमेशा के लिए अंधा ही हो जाऊंगा, पर बाद में बेहतरी आती गई। इसके कारण ही बाद में मुझे ऐनक लगवानी पड़ी, जो कि मैं लिखते-पढ़ते समय या टी.वी. देखते समय अब भी ज़रूर लगा लेता हूं। शुरू-शुरू में नज़र इतनी खराब थी कि किसी भी चीज़ को कुछ देर के लिए गौर से देखता था, तो सामने का दृश्य धुंधला होने लगता था। डाक्टरों ने मुझे सख़्ती से चित्रकारी से रोक दिया था। इस मजबूरी के कारण एक बार जो चित्रकारी त्याग दी, और फिर मैंने कभी कोई रंग-ब्रश हाथ में नहीं पकड़ा। हमारे गांव वाले घर में अम्मा जी के दहेज वाले एक बड़े संदूक़ के ऊपर रखे दूसरे ट्रंकों में एक वह संदूक भी मौजूद है, जिसमें अपनी उम्र के पहले बीस सालों में मेरी बनाई हुई तस्वीरें भरी हुई हैं। अपने गांव में चाहे मैं कितनी बार जाऊं पर सारे साल में सिर्फ़ एक-दो बार ही उस संदूक़ को खोल कर बारी-बारी से वे सारी तस्वीरें देखता हूं। अपनी पुरानी रचनाएं पढ़कर अक्सर मैं उन पर सख़्त आलोचना करता हूं, पर वे चित्र देख कर अपने आप यह लफ़्ज़ मेरे होंठों पर आ जाते हैं कि कच्ची उम्र में मेरे हाथों से कुछ बहुत ही सुंदर तस्वीरें बन गई थीं। 6 अप्रैल, 1964 को मेरी शादी 'फ़िज़ा' से हुई। कुरान में कई बार आने वाले इस शब्द के अर्थ चांदी होते हैं। फ़िज़ा भी चांदी जैसी गोरी और जब गुस्सा हो, तब भी अपने आप को शांत रखने वाली औरत है, पर मुझे उसके साथ इश्क़ नहीं हुआ। विवाह से पहले रही लम्बी मंगनी के दौरान हम दोनों के बीच अच्छी यारी-दोस्ती ज़रूर क़ायम हो गई थी, जो विवाह के बाद और मज़बूत हो गई, और फिर इस रिश्ते को और मज़बूत करने के

लिए 2 अगस्त, 1965 को हमारी बेटी कश्फ़ नानकी भी इस दुनिया में आ गई। मुझे फ़िज़ा से या किसी भी औरत से क्यों इश्क़ नहीं हुआ, जब भी यह सवाल मैं अपने आप से पूछता हूं तो मुझे कुछ ठीक जवाब नहीं मिलता। यूं ही कभी-कभी वही सवाल मन में आ जाता है कि मेरे अंतर का इन्सान खुदा के बनाए बुतों की जगह अपने हाथों से बनाए बुतों की पूजा करना चाहता है, पर हक़ीकत में हुआ यह है कि अगर मैं परमात्मा की बनाई मूरतों से मोहब्बत नहीं कर पाया, तो मुझे अपनी बनाई मूर्तियों से भी मोहब्बत करने का मौक़ा नहीं मिला।

कुछ समय हुआ एक ऐसी घटना हुई, जब से मुझे अंदाज़ा हुआ कि खुदा मुझसे निराश नहीं है। यह घटना दो-तीन मित्रों के सामने हुई थी। इसलिए इसे मेरी कल्पना का करिश्मा समझने वाले गवाही भी ले सकते हैं। हम कुछ दोस्त झंग में हो रहे एक साहित्यिक सम्मेलन में हिस्सा लेने गए हुए थे। समागम की कार्रवाई होने के बाद हीर के मज़ार पर हाज़िरी भरने की बात बन गई। कार से हीर के मज़ार की ओर जाते हुए हमारी आपस में बहस चल रही थी कि हीर अगर इतनी बाक़ायदगी से चूरी बना कर बेले में न लेकर जाया करती, तो शायद गाय-भैसों का चरवाहा रांझा इश्क़ में इतना आगे न चला जाता। हम सभी इस बात पर सहमत हो गए थे कि मीठी और मक्खन की चूरी ही इश्क़ बन कर रांझे के बदन में घुल गई थी...

हीर के मज़ार पर पहुंच कर मैं अभी क़ब्र के चारों ओर बनाए उस अजीब गुम्बद को ही हैरानी से देख रहा था, जिसकी छत का ऊपर वाला गोल हिस्सा जान-बूझ कर खुला छोड़ दिया गया था, और जिसके बारे में यह बात कही जाती है कि जब बारिश बरसती है, तो उसकी कोई बूंद इस खुली छत में से नीचे आ कर हीर की क़ब्र में ठंडक डालने की जगह गुम्बद की दूसरी ओर जा गिरती है। मज़ार का मुतवल्ली यही बात सुना कर इस मिथ को अभी जाहिर कर ही रहा था कि इतने में जंगलियों के खास लहज़े में कहे गए यह बोल मेरे कानों में गूंजे, "इधर आ ज़रा निगोड़े! ले देख मैं तेरे लिए चूरी लाई हूं।"

मैंने घबरा कर उधर देखा, हीर की क़ब्र के पास कोई पौने छः फुट क़द वाली एक जंगली औरत खड़ी थी। उसने ऊपर बदन पर खुला कुर्ता और नीचे काली लुंगी बांधी हुई थी और उसके हाथ में चूरी से भरा हुआ एक बहुत बड़ा बर्तन था। मैं वहीं हीर की क़ब्र के पास ही बैठ गया और उस औरत ने वह बर्तन मेरे सामने रख दिया। उस से जब थोड़ी सी चूरी लेकर मैंने अपने मुंह में रखी, तो मेरे सारे वजूद में ही जैसे मिश्री घुल गई हो। मेरे साथ आए दूसरे दोस्तों ने भी चूरी खाने में हाथ बंटाया और वह औरत ख़ाली बर्तन लेकर मज़ार से निकल गई। वापसी

के समय कार में बैठे हम आपस में बातें कर रहे थे कि कैसी अजीब बात है कि इलाक़े की औरतें हीर के मज़ार पर भी चूरी का ही चढ़ावा चढ़ाती हैं। अचानक मुझे ख्याल आया कि कहीं वह हीर सलेटी की रूह ही न हो। वह औरत थी तो बहुत ऊंची-लम्बी, पर सुंदर नहीं थी, मेरे मन ने इस दलील को झटक दिया।

यह कोई पक्का पता नहीं कि हीर बहुत ही सुंदर थी, मेरे भीतर से कोई और बोला। यह हुस्न के मयार तय करने वाला एक अहमक़ाना अमल है। हुस्न हीर में नहीं होता आपकी अपनी आंखों में होता है, आपके अपने मन में पैदा होता है। मेरे अंतर में दूसरा बोलने वाला कुछ ज़्यादा ही ज़ोरावर होता जा रहा था। अपनी उम्र के चौंतीसवें साल पर पहुंच कर इस बात का पता लगने पर मैं अपने बनाए हुस्न और अक़्ल के बेकार से मयारों को रद्द कर रहा था और मेरी आखों के सामने बारी-बारी से वे सभी चेहरे आ रहे थे, जिनसे मैं मोहब्बत नहीं कर पाया था।

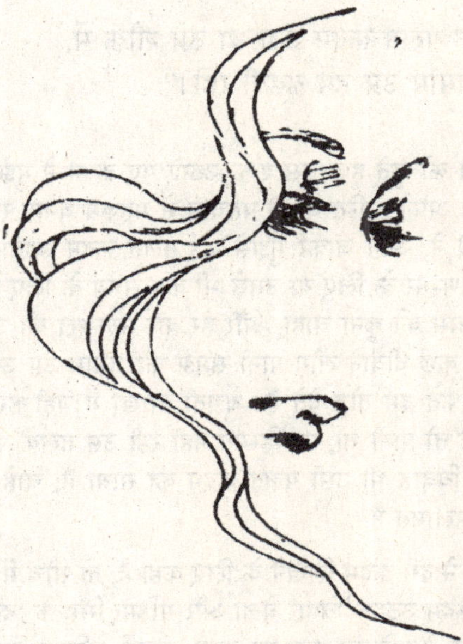

अमिया कुंवर

इसी तरह एक बहुत प्यारी और खामोश सी लड़की है–अमिया कुंवर, जिसने इतनी जुर्रत से अपनी ज़िंदगी की हकीकत को काग़ज़ पर उतार दिया है कि बरबस उससे प्यार हो आता है।

अमिया कुंवर की कलम से...

सिर्फ एक गलत क़दम उठा था उम्रे शौक में,
मंज़िल तमाम उम्र हमें ढूंढती रही।"

जवानी की देहरी को छूते हुए 'उस एक' उठाए गए क़दम ने मुझे हमेशा पीछे की ओर धकेला–मुझे अपने अस्तित्व की पहचान से महरूम बनाए रखा और उसी के भुलावे ने, छलावे ने, आगे जाकर मुझसे कई गलत क़दम उठवाए। कई बार ऐसे भ्रम दिए, चाहे क्षण-भर के लिए या उससे भी कम समय के लिए कि उस मोहब्बत के साए या अहसास को छूना चाहा, और हर बार मरुस्थल की उस चमक का ही भ्रम पाला, जिसे कुछ दीवाने लोग पानी समझ कर तमाम उम्र उसके पीछे दौड़ते, अंत में हांफते-हांफते दम तोड़ देते हैं। बुझती आंखों में यही हसरत रह जाती है कि यह सामने ही तो पानी था, पर हिम्मत नहीं रही उस तलक पहुंचने की, प्यास बुझाने की। मेरा विवाह भी उसी गलत कदम का साया है, चाहे 12 बरस बीतने के बाद भी वह सलामत है...

अमृता जी ने दस क़दम लिखने के लिए कहा है, तो सोच में डूब गई हूं–किस के नाम पर दस क़दम उठाऊं–विहार बेला और महिमा सिंह के 'दस क़दम' कालम के अंतर्गत पढ़ा कि वे मुश्किल वक़्त मां, दादी, बच्चों, प्रेमिका, पत्नी आदि के नाम पर दस-दस क़दम उठा कर दुश्वारी को आसान कर लेंगे, पर मुझे तो फिलहाल कोई एक भी ऐसा नहीं दिखता, जिसके लिए, जिसके नाम पर दस क़दम उठाने का

हौंसला करूं। वैसे अमृता जी ने यह क़दम तो उठवा ही दिया है, पर मैं इस समय तन के अंधेरे नुक्कड़ में छुपे उस मन को तलाश रही हूं, जिसके कहने पर कभी मैंने अल्हड़ उम्र में सिर्फ़ एक क़दम उठाया था और आज भी चौंक जाती हूं। फिर कभी किसी और के नाम पर क़दम नहीं उठा सकती और न ही ज़िंदगी खुल कर जी सकी, और अब जिस पड़ाव पर खेमे लगाए हैं, उसी को मंज़िल मान बैठी हूं।

हालांकि यह मेरी मंज़िल कभी भी नहीं थी। अब चालीसवां पार कर चुकी मेरी जान एक जगह अडोल बुत सी खड़ी है किसी भी तरह का कदम उठाने से इनकारी। किसके नाम पर क़दम उठाऊं, कोई भी पूर्ण नहीं, सभी आधे-अधूरे। इस सब में सिर्फ प्रेमी या पति नहीं–हर रिश्ता शामिल है, दोस्ती का, खून का, शायद यही कारण है कि पूर्णतया समर्पण ज़ाहिर करते हुए भी मैं किसी को पूर्ण प्राप्त नहीं हो सकी। अपने दिल से चाहने वालों के सामने भी मुझसे कुछ न कुछ नफ़ी हो ही जाता है। मन से चाहते हुए भी उन्हें अपना आपा पूरी तरह देने में छल कर जाती हूं। कोई तो मुझसे दो क़दम बढ़ कर मिले। खुशवंत सिंह की तरह मेरी भी उम्र जितनी बड़ी ख़्वाहिश है कि कोई तो ऐसा मिले, जो मुझे मुझसे बढ़ कर चाहे, पूरी शिद्दत से, जैसे मैंने किसी के लिए अपने मन में प्यार की इंतहा देखी है, दीवानगी पर पहुंची हूं, पर यह सब एकतरफ़ा ही रहा। अभी तलक कोई भी ऐसा नहीं मिला, जो मुझे भी उसी अंदाज़ में चाहे, जैसे मैं उसे चाहते हुए अभेद हुई, 'आपे रांझण होई' के आलम में डूबी थी। एक जड़ता सी आ गई है, जहां दिमाग कुन्द है और दिल फालिज का शिकार...पर मन में अभी भी यह अनादि हसरत है कि कोई वह आए और सभी के सभी दस क़दम इस अहिल्या की ओर बढ़ा कर, प्यार भरे स्पर्श से इस निष्प्राण हुए बुत में जान भर दे। हालांकि इस मोहब्बत ने मुझे कहीं भी नहीं ले जाना, किसी अनहोनी पर नहीं पहुंचाना, न अब कहीं पहुंचने का हौसला रहा है...ख़ास कर पिछले दो सालों से किसी कोख से टूट कर फिसला मोती मेरे आंचल को गौरवमय कर रहा है। मोहब्बत की दीवानगी से आगे जाकर अलौकिकता में लीन कर रहा...

पर सोचती हूं अगर फिर भी कभी "औखी घाटी बिखड़ा पैंडा, अंग संग होत सहाए जीओ" वाले मुकाम पर पहुंची, तो इस बिखड़े पैंडे (दुश्वार रास्ते) को तय करने के लिए, जिन्हें मैं अपने अंग-संग सहाय मानूंगी या जिनके नाम पर दस-दस क़दम चलना चाहूंगी, उनमें इन्सान कम, नज़्में, किताबें, शब्दों के समूह, कोई यादगारी पल-क्षण, किसी की शख़्सियत की कोई एक दिलकश अच्छाई के नाम पर होंगे।

पहले दस कदमों का श्रीगणेश मैं अमृता जी के नॉवल 'चक नं छत्तीस' की

अलका के किरदार को जीते हुए और उन सब घड़ियों को याद करते हुए उठाने चाहूंगी, जो मैंने अमृता जी की निकटता में बिताई। कई ऐसे पल, जब उन्होंने मेरे आसूं पोंछे, आलिंगन में लिया, मुझसे भी एक क़दम आगे होकर मेरे दर्द, मेरी पीड़ा को जाना। ख़ास कर 1662 के अंतिम महीने के वह दो दिन, दो रातें, जब मैं उनके ख़्यालों जैसे ख़ूबसूरत घर में रही थी।

अगले दस क़दम मैं पाश की उस नज़्म को अक्षर-अक्षर पढ़ते हुए उठाने चाहूंगी, जो आज भी मेरा पोर-पोर जागृत कर देती है—मैं अब विदा लेता हूं मेरी दोस्त...

उससे अगले दस क़दम भी पाश की ही एक और नज़्म 'सब से ख़तरनाक' के नाम, जिसमें मेहनत की लूट, पुलिस की मार, ग़द्दारी, लालच की पकड़, कपट के शोर में सही होते हुए भी दब जाना ख़तरनाक नहीं बताया, उसके अनुसार तो सबसे ख़तरनाक है मुर्दा शांति से मर जाना, सपनों का मर जाना, वह आंख जो सब कुछ देखते हुए भी सर्द होती है, जिसकी नज़र दुनिया को मोहब्बत से चूमना भूल जाती है... इन दो कविताओं को जब भी पढ़ती हूं तो लगता है पाश कहीं नज़दीक ही है। उसकी सांसों की आवाज़ तक सुनाई देती है, हालांकि मैं उसे कभी मिली नहीं।

अगले दस क़दम जसवंत दीद की कविता 'जानते हुए भी' के लिए उठाना चाहूंगी। खास कर इन पक्तियों के लिए

अकेले होते, सोचते, हम अपने-अपने घरों में
सुखी तो रहते हैं
सोचते तो, एक दूसरे के सुखी होने पर दुखी होते
सोचते–सुखी हैं तो ये भटकन कैसी?
सोचते और समझते कि भीतरी दुखों को घरों
में मरहम नहीं मिलता
समझते, और एक दूसरे के लिए तरस जाते,
तड़प उठते
मिलते, कहते–चल, चलें। घरों की
उलझन से दूर
कहते, डर से भर जाते...

अगले दस क़दम देव की एक दुआ या शुभकामना के नाम पर उठाने चाहूंगी–1663 के जनवरी महीने में उसका नए साल का मुबारकी कार्ड आया। जिस पर लिखा था–'प्यारी अमरजीत! नया बरस तुझे मोहब्बत में दीवाना बनाए रखे!' ऐसी अनोखी दुआ किसी से नहीं मिली

अगले दस क़दम डॉ. सुतिन्दर सिंह नूर की इस नज़्म के नाम...

मुझे लगा तेरे भीतर रेत की एक नदी है
जिसका पानी समय ने पी लिया
मुझे लगा–तेरे भीतर एक शून्य, अंतरिक्ष सा फैल रहा
मुझे लगा–तेरे भीतर एक सपना महक रहा जो पूर्ति
चाहता है...

अगले दस कदम अपनी उस मां के लिए, जो अपने समय की अत्यंत खूबसूरत औरत थी, पर संघर्षों, पति के बेहद क्रोधी स्वभाव, बड़े परिवार की ज़िम्मेदारियों, बेटियों के किसी-न-किसी नामुराद दुख ने रूप-रंग ही छीना–दिल उसी तरह विशाल रखा, पर इसके बावजूद एक साधारण सी घरेलू औरत, जो ज्यादा पढ़ी नहीं, अमीर घराने की बेटी, पर मध्यवर्गीय परिवार में ब्याही, पर दस क़दम उसकी इस शख़्सियत के लिए नहीं, साधारण औरतों से हट कर उसके इस गुण के लिए हैं, जिसने बेटी के नाकाम प्यार का दुख भी झेला था। उसके लिए भटकी भी थी। जब बेटी कुछ देर के लिए विवाह करने से इनकारी हुई थी, उस ज़िल्लत को भी झेला था। इस सबके बावजूद उसी अप्रेमी का, जो अब उसका अच्छा दोस्त व शुभचिंतक है, समय की करवट ने एक ही प्रोफ़ेशन के होने पर, पहले उसका जॉब लगने के कारण सीनियर होने पर, पिछले दो सालों से वह एक कालेज में अपने डिपार्टमेंट का कनवीनर रहा है, जब कभी फोन आता है। (वह मेरे घर इतनी बेतकल्लुफी से बात नहीं कर पाता, जितना सहज होकर मेरी मां और भाई से कर लेता है।) या तो इस बारे में मेरी मां ही मेरे घर का नंबर घुमा कर मुझे ख़बर कर देती है, अगर ज़्यादा ज़रूरी हो तो, नहीं तो जब मां से मिलने जाती हूं, वह कहेगी, "बेटी, उसका कितनी ही बार फ़ोन आ चुका है, पहले उससे बात कर ले, जाने क्या कहना है उसने। तेरी नौकरी से संबंधित कोई जरूरी बात न हो।" मां की इसी सहजता, निश्छलता के नाम पर दस क़दम चलना चाहूंगी।

अगले दस क़दम मैं अपनी सहजता के नाम पर उठाना चाहूंगी, यह गुण शायद मुझे मां के खून से मिला है। मेरे दोस्तों का भी कहना है कि किसी तरह

के भी हालात सें, तू सहज, स्वाभाविक हो पूरी जुर्रत के साथ, बेखटके सुच्चम-सच जीती है। अमृता जी ही कई बार कहा करती हैं कि "मैं और जीती कई बार बात करते हैं कि अमरजीत किस तरह से ऐसे हालात को हंस कर..." आठ-नौ साल किसी के प्यार में लीन होकर इर्द-गिर्द को कुछ नहीं देखा। मौसम बदलते रहे उनकी खूबसूरती नहीं जी और फिर अचानक एक दिन कहीं और विवाह जैसी बात सोच ली...और दूर परदेस में बसती अपनी दोस्त स्वाति को खत लिखा–"खुदा का शुक्र है, हम जल्दी ही सहज हो सके, हमें नहीं चाहिए सपनों का आकाश, हम तो यथार्थ की मिट्टी में बीज बोएंगे प्यार के..." और जैसे कुछ हुआ ही नहीं होता–तख़्ती धो-पोछ कर नए सिरे से...यह और बात है कि...

अगले दस क़दम अपनी कुछ उन रचनाओं के नाम, जो सच के क़रीब हैं। या जिनमें मैंने ज्योतिषी बन कोई भविष्यवाणी की है और समय बीतने पर वह सच हुई है–

सड़ गई पुरानी नरसरी
इस कोख के खेत में अब
कोई बीज नहीं पड़ना
कोई फ़सल नहीं उगनी
कोई कोंपल नहीं फूटनी

आज कल यहां जख़्म ही पल्लवित हो रहे हैं...यह कविता विवाह से भी छह बरस पहले 'नया साहित्य' में छपी थी। 'गर्भपात', 'आधे-अधूरों की दास्तान', 'ऐ ईश्वर', एक कहानी 'अहले करम' और वह कविता, जिसमें फ़साद का कारण दो कोख हैं और निर्णय करना वीर्यकर्ता के हाथ में। अंत में उसका फ़ैसला महबूब कोख के लिए न होकर अजनबी कोख, जो खुबसूरत चेहरे की मलका होती है, के नाम हो जाता है। वे बच्चे जिन्हें महबूब कोख में पनपना था, अब किसी ग़ैर...इससे अंतर सिर्फ़ ज़िस्मानी संबंधों का ही होता है–दिल, मन, आत्मा से वह उसी के...और एक अधूरी कहानी 'चरित्रहीन की डायरी' काफ़ी हद तक मेरा सैल्फ़ पोर्ट्रेट है, जिसमें किसी घर की बज़ुर्ग औरत के हाथ में किसी बहू-बेटी की लिखी डायरी आ जाती है, और घर में कोहराम मच जाता है, अर्थों के अनर्थ ढूंढता, बहू के एक्सट्रा मैरीटल अफ़ेयर के बारे में लिखित सबूत, वह भी ऐसा कि जिसमें उसके एक दो मर्दों के साथ संबंध नहीं...हर दिन की डायरी में किसी नए, किसी दूसरे मर्द का ज़िक्र, जो इसी शिद्दत के साथ, या उससे भी ज़्यादा प्यार का इज़हार करता, जो उससे पूर्व दिन के मर्द के बारे में...

1-1-91

राकेश (मोहन राकेश) मेरा आधा-अधूरापन तेरे आधे-अधूरे के गले लग रहा, कुछ कह रहा, कुछ सुन रहा, बहुत दिनों बाद तू मेरे क़रीब आया... सो तेरे इस आधे-अधूरे वजूद को मेरे अनगिनत चुम्बन, जिसने मेरा अधूरापर बांटा, समझा, जाना।

अगले दिन की डायरी किसी दुष्यंत के बोलों को अपने सिरहाने महसूस करती, जहां क़दम उठाती, उसके पैरों की आहट भी साथ सुनाई देती। अगला पन्ना शिव से इस दुनिया से अजनबियत की समानता का अपनत्व महसूस करता। नायिका इस हक़ीक़त से वाक़िफ़ है कि 'उस' पर जान देने वाली लड़कियों की कमी नहीं, 'पर तुझे अंतहीन प्यार करने वाली इस मामूली लड़की को न भूल, जिसका तेरे बिना बसर ही नहीं... फिर पाश और कई नाम आए हैं, अंत में सारा शगुफ़्ता का जिक्र है।

8-1-91

"सारा, मैं समलैंगिक नहीं हूं, पर हमेशा ही तुझे अपनी शाहरग जैसा माना है। मेरी सांसों में घुली। तुझे आलिंगन में लेकर आशिक-माशूक़ जैसी हालत महसूस की है। तेरे लिए दीवानादार पागलपन, मोहब्बत महसूस की है, काश, तू मेरी पहुंच में होती, तो शायद मैं सारा दिन, सारा समय तेरी गलियों के चक्कर काटते, तेरी एक झलक देखने को बेताबी में बिता देती। किसी न किसी बहाने तुझसे मिल कर आती और फिर तुझसे मिलने के इंतज़ार में पोरों पर समय गिनती, ओसियां डालती...

अगले दस कदम सलमा सिद्दीक़ी की कहानी 'तेरी गली में', रवीन्द्र की कविता 'आखरी ख़त', वनिता की 'आग', मोहन जीत की 'जोगन' के नाम पर। उससे अगले दस क़दम स्वराजबीर की कविता 'अमृतसर' की एक-एक पंक्ति को दिल में बसाते हुए। उससे अगले अपनी दोस्त स्वाति की खूबसूरत जानकारी, ज्ञान से भरपूर चिट्ठियों और कुलदीप के अपनत्व भरे खतों के नाम पर। उससे अगले दस क़दम अदाकारा मीना कुमारी की इस बिंदास नज़्म के नाम–

दफअतन जाग उठी दिल में वही प्यास
जिसे प्यार की प्यास कहूं तो जल उठती है ज़ुबां
सर्द अहसास की भट्ठी में सुलगता है बदन
प्यास–यह प्यास, इसी तरह बुझेगी शायद...
आए, ऐसे में कोई ज़हर ही दे दे मुझको

हरप्रीत में एक मर्द के तौर पर दस खामियां होंगी, पर एक बहुत बड़ी खूबी है कि उसने मुझे मेरी असफल मोहब्बत सहित अपनाया है, और उसके ऐसे इक्का-दुक्का बड़े गुणों के सदके ही हमारा विवाह अभी भी जीवित है, और उसे जब कोई अप्रेमी को लगता मिलता है, मुझे हंस कर कहेगा–तेरा देवर या ननद मिले थे, और जब वे दोनों इकट्ठे खड़े होते हैं, हाथ मिलाते हैं, हंस कर बातें करते हैं, तो मैं मुदित सी दोनों को देखती रह जाती हूं। दस क़दम ऐसी खूबसूरत अनादि घड़ियों के नाम–(यही कारण है कि 1688 में जब मेरा हिंदी कविता संग्रह प्रकाशित हुआ–'समय गवाही देगा', तो मैंने पहले पन्ने पर बड़े गर्व और विश्वास के साथ समर्पण किया था–गुरु विश्वास एवं दीर्घ स्नेह लिए हुए यह मेरा बीता हुआ कल अपने आज और आने वाले कल (हरप्रीत) के नाम।)

अमृता जी ने इमरोज़ जी को देख कर लिखा था–

बाप, वीर, दोस्त और खाविंद किसी लफ़्ज का
नहीं कोई रिश्ता
वैसे जब मैंने तुम्हें देखा सारे अक्षर गहरे
हो आए...

मेरे पास हर लफ़्ज का रिश्ता है अपनी सारी खूबियों, खामियों के साथ, पर अपने जेठ भैया को जब भी अपने नज़दीक देखती थीं, तीन रिश्ते एक ही समय में एक ही शख्स में जीवित हो उठते थे–बाप, वीर और दोस्त का। यही कारण है कि जब 1662 में मुझे पर मुश्किल वक़्त आया, लगा कि अब घर को टूटने से नहीं बचा सकूंगी, उस समय एक लम्बा ख़त उन्हें लिखा, जो किन्हीं दोस्तों जैसे बाप-भाई को ही लिखा जा सकता है। यह ख़त अमृता जी ने भी पढ़ा था, और कई तशबीहें उन्हें बहुत पसंद आई थीं। यह खत जेठ भैया को मिला, सुना है, वह कई दिन परेशान रहे थे कि सबको एक साथ, एक ही छत के नीचे देखना चाहता हूं–मां, भाई और अमरजीत को, पर मुझसे उनकी कोई बात नहीं हो सकी। वह बंबई से हमें मिलने के लिए आ ही रहे थे कि रास्ते में नासिक से आगे कार एक्सीडेंट से उनकी मौत हो गई। आज भी मुझे जैसे यक़ीन नहीं आता कि कैसे एकाएक सब हो गया। वह इकलौता अब मैं कहां से लाऊं? पूरा संसार रिक्त हो गया है, इस रिश्ते से ख़ाली। उस एक इन्सान के चले जाने पर। अब कोई नहीं...कोई भी तो नहीं ऐसा, जिसे मैं एक ही समय में बाप, वीर और दोस्त कह सकूं। अगले दस क़दम तीनों रिश्तों को संजोए उसी शख्स की याद में उठाना चाहूंगी, जिसे देख कर मैंने लिखा था–

बाप, वीर और दोस्त यह तीन रिश्ते मैंने खूब भोगे हैं
हंसते-खेलते रहे ये तीनों रिश्ते
इनके हाथ मेरे कन्धों, पीठ और सिर को सहलाते रहें।
दुआएं, आशीर्वाद और प्यार की कस्तूरी मेरे करीब महकती रहे।
पर एक ही शख़्स में ये तीनों रिश्ते देखने नसीब हुए,
जब–मेरे जेठ भाई! तेरा आशीर्वाद मेरे सिर को मिला...
पर आज यह कैसी बेमुरव्वत हवा चली–
वह संदली बुत क़िस्मत की मार के आगे खो गया
और जो ओट मुझे आसरा देती रही
और जिसकी छाया तले मैं लू, धूप, तूफ़ान, मूसलाधार
बारिश से बचती रही
मेरी क़ाबलियतों को पहचान सदक़े उतारती रही,
वही एक नज़र–मेरी सहन शक्ति को बुलंद करती रही...

अंतिम बचे सारे के सारे क़दम–आख़री श्वासों तक अपनी दत्तक और मानस बेटी दिव्यलीन के नाम पर उठाने चाहूंगी, जिसे प्यार करते हुए मैं सचमुच दिव्यता में लीन हो जाती हूं, जिसने 'दिव्यलीन' के शब्दकोशी अर्थों से परे मुझे अहसासों का नया अध्याय समझाया है ●

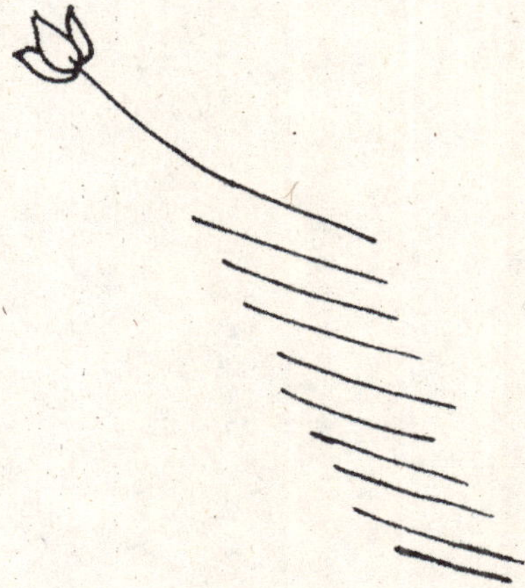